講談社文庫

水際のメメント

きたまち建築事務所のリフォームカルテ

和久井清水

講談社

Contents

目次

Characters

主な登場人物

草葉《くさば》祈一郎《きいちろう》

建築設計事務所「クサバ企画」の若き所長の人気インテリアデザイナー。
無茶なリフォームの相談をしばしば持ち込まれる。

霧島《きりしま》　潤《じゅん》

祈一郎の学生時代からの友人。毒舌でワイルド系。
祈一郎の猫・リリアンに懐かれている。

赤芝《あかしば》紗栄《さえ》

祈一郎の学生時代の恋人で、婚約者。
ある日突然姿を消し、行方がわかっていない。

赤芝　武《たけし》

「クサバ企画」のスタッフ。行方不明になった紗栄《さえ》の弟。
ダサいTシャツがトレードマーク。

羽月《はづき》奈々《なな》

「クサバ企画」の新入社員。猫と会話ができる……らしい？

葦田《あしだ》真知子《まちこ》

祈一郎の隣人の上品なマダム。
飼い犬・ホワイティはリリアンの天敵。

リリアン

祈一郎の飼い猫。赤芝には「ジュン」と呼ばれているが……？

水際のメメント

第一章　不眠《ねむれない》

1

東の窓から朝日が細く差し込んでいる。天井から下げられたバーチカルブラインドの隙間をすり抜けて、いく筋《すじ》かの光が事務所の白い床に落ちていた。

草葉《くさば》祈《き》一郎《いちろう》は、繊細な光を目で追って思わず微笑んだ。ごくまれに、こんな幽玄な光が雲の隙間から落ちてくるのを見かけることがある。子供の頃は、時間を忘れて空を見上げていたものだ。あれは、「薄明光線」という現象らしい。だが、だれがつけたのか「天使の梯子《はしご》」というピッタリの名前もある。まさに天使が天上から降りてきそうだ。宮沢賢治は「光のパイプオルガン」と呼んだらしいが、こちらは賢治らしいロマンチシズムに溢れている。

「光のパイプオルガンか」

祈一郎はくすりと笑った。

「なにを一人で笑っている」

「なんだ。いたのか」

天使の梯子を光背《こうはい》のように肩に受け、霧島潤《きりしまじゅん》は立っていた。

両手をパンツのポケットに突っ込み、やや体を斜めにしてモデル立ちをしている。

自分のイケメンぶりを意識しているのかいないのか、それはわからないがごく自然にポーズを取ってしまうらしい。お気に入りだというブランドの黒のスーツがよく似合っている。

「いたのかはないだろう。失礼なやつだ」

潤はポーズを崩さないまま、いかにも不満そうに鼻を鳴らした。

「ブラインドを開けたいんだが」

祈一郎は潤にその場所を退《ど》くように言ったつもりだった。

「開ければいいだろう」

自分のうしろにバーチカルブラインドの開閉コードがあるのを知っていて、わざと言っているのだ。「いたのか」と言われたのがよほど気に障ったらしい。

「子供っぽいやつだな」

祈一郎は小さくため息をついて、潤を押し退《の》けた。

コードを引いてブラインドを全開にする。東の壁一面をガラス張りにしたピクチャーウィンドウから奔流のような五月の光が差し込んでくる。時計台の鐘が鳴って光の渦と混じり合う。時計台といっても大通にあるあの観光名所ではない。三軒先の時計屋、広瀬《ひろせ》時計店の屋根についている時計塔のミニチュアだ。

潤はまぶしそうに目を細めて庭に目を向けた。わずかにカールした漆黒の髪、シャープな顎のライン。野性味のある顔立ちだが、品の良さと温かみを感じる目をしている。学生時代にはモデルや俳優になりませんか、と何度も声をかけられたらしい。そばにいると、たいがいの男は霞んでしまう。

祈一郎は、隣家の玄関アプローチの植え込みが、数日前に引き抜かれたのが気になっていた。職人が二人やってきて、みごとなエゾムラサキツツジの植え込みをすべて持ち去ったのだ。

「あそこ、なに植えるんだろう」

祈一郎が思わずそうつぶやくと、潤が振り向いた。唇の端を上げ、意地の悪い顔をして言う。

「いいか、祈一郎。そこは他人《ひと》の家の庭だぞ。なにを植えようと勝手なんだ」

「そりゃあ、わかってるさ」

「いいや、おまえはわかってない。ついでに言えばおまえの親父さんもわかってない。隣の家の庭を自分のもののように観賞しようなんて、図々しいにもほどがある。よく苦情が来なかったな」

「庭だからな。これが隣の家のリビングとか寝室とかに面した窓だったら、なにか言われたかもしれない」

「あたりまえだ。こんな大きな窓を隣家の寝室に向けて作ったら逮捕されるぞ」

『クサバ企画』は、祈一郎の父が創設した建築設計事務所だ。父はこの土地を購入した時に、隣に住む葦田《あしだ》家の庭を自分のものにするという野望を抱いた。

昔、この辺一帯の地主だったという葦田家の敷地は一際広い。南側に広くとった庭は、ちょっとした庭園だった。形の良い古い松と、梅に桜、紅葉。低木にはツツジ、山吹、雪柳と四季折々の姿を自分の庭のように楽しむことができるのだ。

庭は五月に入ってから咲いた桜が散って、そろそろチューリップやライラックが咲く頃だ。冬が終わり一斉に花が咲くこれからは、まるで一幅の絵のように葦田家の庭を観賞できる。

桜よりも先に、鮮やかな紫色の花を楽しませてくれたエゾムラサキツツジは、これから生気溢れる若葉の緑を見せてくれるはずだった。それを根こそぎ抜いてしまうとは。

祈一郎は気を取り直してスケッチブックを開いた。スタッフが出勤する前の朝のこの時間は、思いもかけないアイディアが浮かぶことがある。描きかけのパースを何枚か手に取り、懸案の間取りを検討し始めた。

ありがたいことにこの数年、仕事に追われることが多くなった。

祈一郎が父親の跡を継いだあと、なんとか一人でやっていけるようになると、父はさっさと放浪の旅に出てしまった。その数年前に母が癌《がん》で急死したのだが、それが相当にこたえていたのだ。

父から取引先を引き継いだとはいえ、若い祈一郎が事務所を軌道に乗せるのは並大抵の苦労ではなかった。

ようやく業界の中で認められるようになり、雑誌で祈一郎の仕事が取り上げられると仕事は急増した。建築の専門誌ばかりでなく、女性誌にもたびたび取り上げられた。しかしその見出しが大概はひどく大げさで、「若き天才」とか、「イケメン建築デザイナー」などと、思わず赤面してしまうようなものだったが。

学生時代は潤と並んで歩いていると、よく女性たちから声をかけられた。潤のほうに用があるのだろう、と一歩引いていると、中に一人か二人は祈一郎のほうにも話しかけてくる人がいる。潤に言わせると、祈一郎は母性本能をくすぐる顔立ちをしているのだそうだ。そういえば紗栄《さえ》もそんなことを言っていた。いつも祈一郎の髪を撫でて、「さらさらなのね」と子供扱いをして笑ったものだ。

祈一郎は、もともと目立つことや派手なパフォーマンスとは無縁で、むしろそういうものは忌避している。だが雑誌社からの取材は途切れないし、最近では家の新築や改築に縁のなさそうな、若い女性をターゲットにした雑誌からも取材の依頼が来る。潤のアドバイスに従って、女性受けする服などをチョイスして雑誌のカラーページに載ったりすると、恥ずかしくてたまらないのだが。しかし、これも仕事と割り切るしかない。

飼い猫のリリアンが、朝食を終えて二階から降りてきた。事務所の二階は居住スペースとなっている。今年二歳になる雌の黒猫はリリアンというのが本名だ。だが事務所では別の名前で呼ばれている。

リリアンはまっすぐに潤に向かって歩いていった。尻尾を立てて歩く姿は優雅そのものだ。リリアンが潤の足に額をこすりつけると、潤は抱き上げてやる。そのままソファに座り、猫とじゃれ合いながら言った。

「今日はコーヒーを淹《い》れないのか？」

祈一郎はうわの空で、「うん」と返事をした。目はデスクの上の書類を見たままだ。

「仕事熱心なのはいいが朝のコーヒーくらい、ゆっくり飲んだらどうなんだ。おまえは真面目過ぎるんだよ」

祈一郎の体調を気遣ってくれているのか、と少し驚いた。たしかにこの数ヵ月は仕事が立て込んでいた。

「さっき午後の紅茶を飲んだから、コーヒーはいらないんだ」

「午後の紅茶だと？　女子かおまえは。それに朝っぱらから午後の紅茶とは節操のないやつだ。まあいい。おまえが飲まなくてもいいから淹れろよ」

祈一郎はくるりと椅子を回して潤に体を向けた。

「なぜ」

「なぜって……なぜ訊く」

「おまえだって飲まないだろう」

そう、潤は決してコーヒーを飲まない。

「コーヒーの香りがしないと一日が始まった気がしないんだ」

「おまえ、匂い、嗅げたのか」

「当たり前だろう。人をなんだと思っているんだ」

潤が端正な顔を歪め、まるで子供のようにふくれっ面をした。

コーヒーを淹れるために奥のカウンターに向かう。もうすぐスタッフの赤芝武《あかしばたけし》が出勤してくるだろう。彼のためにコーヒーを落としておくことにした。

コーヒーメーカーに粉と水をセットすると、良い香りが室内に漂い始める。潤は満足げにリリアンの背中を撫でる。一緒にいる時はいつも、仲の良さを見せつけるようにべたべたしている。当然のことながら普段は飼い主である祈一郎にすり寄ってくるが、潤が現れると途端に祈一郎には見向きもしなくなる。リリアンおまえもか、と気位の高い雌猫に心の中で嘆くのが常だった。

リリアンと潤がいちゃついているさなか、隣家の犬が散歩から帰ってきた。葦田家の未亡人葦田真知子《まちこ》にリードを引かれ、庭に入ってくるなりリリアンに吠えついた。潤の膝の上で臨戦態勢をとっていたリリアンは、ついに飛び降りて窓際に駆け付けた。毛を膨らませ、一・五倍の大きさになった猫は凶暴な牙を見せて威嚇《いかく》を始める。

「いけません。ホワイティ」

葦田夫人は普段はとても上品にものを言う女性だ。北海道にはあまりいないタイプだと思っていたら幼少期は金沢で過ごしたと聞いて、なんとなく納得したものだ。

しかし今は別人のように声を張り上げている。小柄だが、ふくよかな体型をしているので、まるでオペラ歌手のようないい声だ。こう言っては悪いが家の中にいてもかなり騒々しい。ホワイティの吠え声といい勝負だ。

「ホワイティ。静かに。静かになさい」

「ふん。なにがホワイティだ。薄汚れた駄犬が。あれでも子犬の時は白くて可愛かったのかねえ。今の姿からはまったく想像できないな。飼い主の子供の頃が想像できないのと同じだね」

ホワイティ、葦田夫人、リリアンと潤の四者が狂乱の四重奏を奏でる中、事務所の電話が鳴った。

「カオスだ」

祈一郎はため息をついて受話器を取った。それは赤芝紗栄の消息を知らせるものだった。

「それで、たしかに紗栄ちゃんだったの？」

「電車に乗ってい……ホームから……すぐに発車して……」

喧噪の中でようやく聞き取った話は、これまでと同様、確たるものではなかった。

この数年はまったくと言っていいほど情報がなかったので、ありがたいというより驚きに近かった。

祈一郎は紗栄と結婚の約束をしていた。学生時代に知り合い、ほんの一年あまりの交際で二人が結婚を決めてしまったことに、周囲は驚いていた。だが、祈一郎と紗栄にとっては迷うことも悩むこともない、ごく自然な成り行きだった。

卒業を控えた秋に、紗栄は入院先の病院から忽然《こつぜん》と姿を消してしまった。あとになってわかったのは日本を出たあと、イギリスに入国したということだった。入国してすぐの、探さないで欲しいという手紙は届いたが、それ以降はまったく音信が絶え、今もイギリスにいるのかどうかさえわからないままだ。

電話の向こうは紗栄の古くからの友人だった。ちらりと見ただけだが紗栄に間違いなかった、と咳き込むように言った。

「リリアン、あんな馬鹿犬にかまうな」

潤が寝転がりながらリリアンを叱る。外では葦田夫人が素晴らしいソプラノで、こちらに突撃しようとしている犬を叱りつけている。リードを必死に引っ張っているが、興奮したホワイティはまったく言うことを聞かない。

「電話、どこから?」

「辻《つじ》さん」

「辻明日美《あすみ》？」

「うん。紗栄ちゃんを見かけたって」

「ふーん。それで？」

「ホワイティ。いけません。静かに。ホワイティ！」

葦田夫人はガラス越しに、こちらに向かって上品に笑い頭を下げた。

「すみません。ほんとうに。うるさくてごめんなさいね」

葦田夫人は引きずるようにしてホワイティを犬小屋に入れた。小屋はログハウス風の丸太を組んだ豪華なもので、出入り口の前には畳二畳ほどのデッキがついている。デッキを囲むように金網が張り巡らされていて、ホワイティはそこに前足を掛け、まだこちらに向かって吠えていた。

「まったく、うるさい犬だ。あんな立派な犬小屋はもったいないな」

「潤、すまないが窓から離れてくれないか」

潤がスタッフの休憩スペースになっているカウンターに移動すると、リリアンもついて行く。姿が見えなくなったので、ようやくホワイティの興奮も収まり、事務所の中は静けさを取り戻した。

「それで赤芝さんは、どこにいたの？」

「それが……」

祈一郎が電話の内容を説明しようとした時、事務所のドアが開いた。赤芝武が出勤してきたのだ。

武は紗栄の弟である。紗栄が失踪したときはまだ中学生だった。その頃から武を知っているが、全体の雰囲気は今もあまり変わっていない。変わったのは身長が伸び肉が付いたのと、中学生の頃の可愛らしさがむさ苦しさになったところだ。

「おはようございます」

赤芝は黒縁の眼鏡を指で押し上げ、鼻の頭の汗をぬぐった。赤っぽいチェックのシャツにしわの寄ったコットンパンツ。背中の、色の褪《さ》めた青いリュックは、たぶん学生時代から使っている代物《しろもの》だろう。パンパンに膨らんだリュックから書類の束と分厚いカタログを取り出した。祈一郎がコーヒーを持っていったのにも気づかず熱心に書類をめくり始める。ちょっと変わったところはあるが、仕事熱心で真面目な男だ。

「赤芝、おまえさあ、髪ぐらいとかしてこいよ。一応、客商売なんだぞ。そのセンスのない服もどうにかしろ。そんなシャツどこに売ってんだよ。インテリアデザイナーには到底見えないぞ。秋葉原にいるオタクのほうがよっぽどお洒落だな」

潤が赤芝に聞こえないように悪態をつく。ようやくいつもの朝が始まった気がして、祈一郎はほっとする。赤芝に紗栄の消息を知らせようかと一瞬思ったが、ただ見かけただけという情報は、身内にはかえって辛いのではないか、と思い直した。

「祈一郎さん。『カフェ・ブラン』の照明のプランをまとめてきました。三案まで考えてきたんで見てもらえますか」

「ごくろうさん。三案とはすごいね」

「所長って呼べよ。バーカ」

リリアンに頬ずりしながら潤がつぶやく。

「採光がないのに健康的なイメージで、って難しいですね。ライトは思い切って、昼白色の間接照明にしてみました。ライティングの位置を高くして反射させる壁には暖かみのある色と素材を使うのが第一案です。でもこれだとクライアントのスタイリッシュにという要望をクリアしていないかと思うんです。そもそも健康的でスタイリッシュって両立するものなんでしょうかね」

赤芝は二案と三案についても説明する。祈一郎は赤芝の描いてきたパースとカタログを見比べながら頭の中に『カフェ・ブラン』の全体像をイメージしていった。雑居ビルの地下に開店するカフェの内装工事を、今回初めて赤芝が担当することになった。それで張り切っているのだ。

「僕はこの一案がいいと思うね」

ライトを点灯したときのイメージ図と、スタッフの動線を考慮したときのテーブルの配置がこれでいいか、もう一度確認するように指示した。

「ありがとうございます」

赤芝は神妙な顔つきで資料を受け取ると、自分の席に戻り、「よし」と小さな声で気合いを入れ、シャツを脱いで椅子の背に掛けた。

「おまえが仕事熱心なのは認めるよ。だけどな、そのファッションセンスだけは許せない。なんだそのTシャツは」

背中には擬人化された貝割れ大根が踊っていた。緑色の双葉に妙になまめかしい白い足が付いている。

「そんなTシャツどこに売ってんだよ」

幸いにして潤の声は聞こえていない。赤芝が仕事に打ち込むほどに、背中の貝割れ大根が笑いを誘う。祈一郎の視線を感じたのか、赤芝はふいに顔を上げ、あたりを見回す。そして机の上に飾ったサボテンの位置を神経質そうに直した。

2

「眠れないんです」

河上哲治《かわかみてつはる》は、筋肉質の大きな体を前かがみにして情けない声を出した。四十二歳。妻と中学生の娘の三人家族。この春、百合《ゆり》が原《はら》公園のそばに家を建てたばかりだ。普通なら喜びで一杯のはずだが、河上には思わぬ苦難が待ち受けていたらしい。

河上の背後のピクチャーウィンドウは花の庭園を描き出している。犬は昼寝をしている。リリアンも二階で昼寝中だ。静かな春の午後であった。

「どうやっても眠れないんですよ」

いや、それはここではなく、しかるべき病院に行ったほうが……。

祈一郎は出かかった言葉を飲み込んだ。哲治の憔悴《しょうすい》した顔を見ると、そんな至極まっとうなセリフが非情なものに思えてくる。

新築の家に引っ越してから二ヵ月というもの、一晩も寝室で眠れないとあっては、河上でなくても泣きたくなるだろう。

「他の部屋だと眠れるんですね」

「ええ、毎晩一階のリビングで寝ているんです」

ここにもし潤がいたら、「だったら最初からリビングで寝ろよ。それで問題解決だろう」などと毒舌をまき散らすのだろう。幸いにして潤はいない。赤芝もクライアントとの打ち合わせに出かけている。

哲治は、なんとか寝室で眠るように努力して明け方まで頑張るのだが、空が明るくなり始めると耐えられなくなり、リビングのソファに移動するのだという。

「だんだんと部屋の中が明るくなってくると、悲しくなるんです。その気持ち、あなたにわかりますか？　僕は体育教師です。体力が勝負なんですよ。こんな体たらくで生徒たちを指導できませんよ。僕はね、今年ようやく念願の野球部の監督になれたんです。素質のある生徒がいましてね。チームを引っ張っていける選手に育てるつもりなんですよ。哲治という僕の名前は、親父がつけてくれたんです。親父は野球馬鹿でしてね……」

哲治の隣で河上久美子《くみこ》がそっとため息をついた。気配を殺すようにして夫と並んで座っていたが、ずっと憂鬱そうな顔をしている。時々、哲治の横顔を盗み見て、悲しげに目を伏せるのである。

哲治はにわかに元気を取り戻した。父親がつけてくれた名前は子供の頃からずっと誇りだった。なにせあの野球の神様、川上哲治と同じ名前なのだから。

「親父はいつも残念がってたんですよ。なんで三本川の川上じゃないんだろうって。まあ、そんなこと言っても仕方ないですけどね」

河上は父親の影響で小中高と野球にのめり込んだ。将来はプロになると公言していたという。しかし高校二年の時、怪我をしてプロ野球選手の道は断たれてしまった。だが河上は若い選手を育成することに生き甲斐を見いだした。

「ところがですよ。いままで赴任した高校には野球部がなかったんです。ずっと女子ソフトボール部の指導をしていました。まあ、それはそれでやりがいもありましたけどね」

河上の表情がほんの少し曇った。久美子も夫に気遣わしげな視線をちらりと送った。

「羊《ひつじ》ケ丘《おか》高校には素質のある選手がいましてね」

再び河上の顔が輝く。

「甲子園も夢じゃないんですよ。今年は無理でも来年には行けそうなんです。いや、絶対に行くんです。チームもそういう強い気持ちでまとまってきています。だからこんなことじゃ、だめなんです。僕がだれよりも一番元気でいなきゃ」

河上は「だめなんですよ」と、もう一度繰り返して下を向いた。泣いているようだ。

久美子は困った顔で祈一郎を見たあと、夫に気付かれないように小さく首を横に振った。祈一郎には久美子の気持ちがわかる気がした。眠れないからといって寝室を改装するなど普通ではない。王侯貴族ならやりかねないが、一介の高校教師の収入では贅沢というものだろう。病院に行って睡眠導入剤を処方してもらうというのが普通ではないだろうか。

祈一郎は少し迷ったあと、河上が不快にならないように気を付けて慎重に言った。

「眠れるようにいろいろ努力なさって、行き着いた結論が寝室の改装ということですか？　やはり病院にも行かれたんでしょうね」

「行きましたよ」

河上は一段と声を張り上げた。

「確かに睡眠薬を飲めば眠れます。もう、いきなりぐっすりですよ。だけど一日中だるくて、眠くてぼんやりしています。それに薬を飲んで寝ることになんの意味があるんですか。寝ればいいっていうものじゃない。快眠、快食、快便って言うでしょう？　健康のバロメーターですよ」

身を乗り出して、「いいですか」と祈一郎に太い人差し指を突きつけた。

「薬の力で眠って、点滴で栄養補給をして下剤で排便して、それで健康と言えますか？　そんなスポーツマンはいないでしょう？　僕はこれまでどんなときだって眠れたんです。どんなに緊張する試合の前も、一度だって眠れなかったことはない。よく眠って、たくさん食えました。それがスポーツマンにとって重要なんですよ。なくてはならない能力なんです。僕はそれだけは自信を持っていました。眠れなくなる理由なんて僕には一つもないんですよ」

新しい学校に来て、張り切りすぎたのが原因ではないかと思っていたが、どうやらそうではないらしい。哲治の出した結論は、眠れない原因はベッドルームにある、ということだった。さすがはスポーツマンだと祈一郎は感心した。すがすがしいほどストレートな結論だ。短絡的とも言うけれど。

「これまで、いろいろやってみたんですね。寝室の環境を変えるために。たとえばどんなことですか？」

「まず枕を替えてみました」

買い替えた枕は四個もあってクローゼットの場所ふさぎになっているという。その時、久美子がプッと吹き出した。

「なんだよ」

哲治がむっとして訊く。今まで陰々滅々としていた久美子がなぜ笑ったのか、祈一郎も大いに気になるところだった。

しかし久美子は、「なんでもないの。ごめんなさい」と慌てて首を振った。疑わしそうな目を向けた哲治だが、気を取り直してその後やってみた「いろいろ」を説明する。

「ベッドを買い替えたんです。ダブルからシングル二つにしました。それからカーテンとカーペットを防音のものにしました」

「音が気になっていたということですか？」

「いいえ。気になったことなんてないですね。だけど防音効果のあるカーテンとカーペットにしたら、眠れるようになったって話を聞いたんでやってみたんですよ」

哲治はやや投げやりに言って、「意味がないことはわかっていましたがね」と付け加えた。

「いろいろやったんですが結局どれもだめで、藁《わら》にもすがる思いでこちらにお願いに来ました。不眠症の人が治ったそうですね」

哲治が言っている人のことはすぐにわかった。二年ほど前にリビングの改装をしたクライアントだ。二階に趣味の部屋を作りたいということで、吹き抜けだったリビングに天井を付けたのだ。そこの家のご主人は宵っ張りだが、奥様は早寝をする人だった。夜中までごそごそと動き回ったりビデオを見たりする音を吹き抜けが吸い上げ、奥様の安眠を妨害していたのだ。改装後にすっかり寝付きがよくなっていることに気付き、取材に来た記者にそれを言うと、そこを大きく取り上げられてしまった。

「不眠症というほどではなかったんですよ。それにたまたまよく眠れるようになったというだけで……」

「他にも聞きましたよ。拒食症の女性が治ったとか、引きこもりの子供が出かけられるようになったとか」

確かにそういう例は多い。だが河上のように、初めから不調の回復を目的として依頼された例はほとんどない。クライアントは家の改築や改装が終わって、数日あるいは数ヵ月したときに抱えていた悩みが解決していることに気が付く。どうしてだろう、と理由を考えたときにそういえば家の改装を境にして問題が好転したな、と気付くのだ。

「大変申し訳ありませんが、不眠症を治す目的で家の改装をするというのは、お引き受けできません」

頭を下げながらなるべく申し訳なさそうに言った。言葉の最後は声にならなかった。河上から文句が出るだろうと身構えた。

しかし予想に反して河上は、叱られた犬のような情けない顔で黙り込んだ。それに対して妻の久美子が突然、生き生きとした表情になって言った。

「ほらね。言ったでしょう？　改装したからって眠れるようになんかならないわよ」

てっきり亭主関白なのだと思っていた。久美子は改装に反対だったのだ。夫に押し切られたことで元気がなかっただけだったようだ。

「これまでだって、どれだけお金がかかっていると思ってるの？　その上寝室を改装するなんて。家のローンで家計はぎりぎりなのよ。少しはゆとりのある生活がしたくてパートに出たけど、あなたがベッドや枕を買っちゃうから、なんのために働いているんだかわからないわ」

なるほど、久美子の腹立ちはその辺にあるらしい。

「ごちゃごちゃ言ってないで、病院からもらった薬飲んで寝ればいいのよ。そのうち眠れるようになるわ。だいたい……」

久美子の興奮が次第に高まってくる。これまで溜めたストレスをここで発散させるつもりらしい。

「だいたい、『これまで俺はいつどんな時でも眠れたんだ』なんて自慢しているけど、若い時は、ってことでしょう？　年とったのよ。おじさんになったの。それでホルモンかなんかしらないけどバランスが崩れて眠れなくなったのよ。ただの老化現象よ」

こうなってくると河上が少々気の毒になってくる。見れば目に涙を溜めていた。

久美子のほうは鬼の首でも取ったような、という表現がぴったりの満面の笑みだった。

河上の依頼を受けなくてもよさそうな流れになって、ほっとしたものの、同じ男として、なにか助け船を出してやりたいような気になってきた。

『帰ってもらえ。このまま帰ってもらえ』と祈一郎の中のなにかが囁くが、つい言ってしまう。

「寝る前ってなにをしてますか？」

「え？」

河上は子犬のような、というか熊のような潤んだ目を上げた。

「これをやってから寝る、って決めていることはありますか？　入眠儀式っていうそうですけど。そういうのを決めておくと、さあ、これから眠るぞって、脳だったか体だったかがそういうモードに入るんだそうです」

「ニュウミンギシキ？　いやそういうのはないですね。なにせこれまでは枕に頭を付けた瞬間に眠ってしまってたんで」

「試してみてはいかがですか？　そういうことをやっている人は多いみたいですよ」

「たとえばどんなことをやるんですか？」

祈一郎は、「そうですねえ」と腕を組んで、いつか見た雑誌の特集を思い出そうとした。

「僕もそんなに詳しいわけじゃありませんが、よくあるのが、好きな音楽を聴いたり、ストレッチをしたり、それからアロマとかですかね」

「アロマですか」

「それよ。それやってみたらいいんだわ」

久美子は上機嫌で帰り支度を始めた。

久美子につられて哲治も立ち上がった。どこか虚ろな目で、「アロマか」とつぶやいた。

3

羊ヶ丘高校は羊ヶ丘の麓、月寒川《つきさむがわ》沿いに建っていた。加納今日子《かのうきようこ》は堤防に立ってグラウンドを見下ろしていた。周りに高い建物がないので、二キロほど離れている札幌ドームの宇宙船のような屋根が見えている。観光客で賑わう羊ヶ丘展望台はすぐそこだが、この堤防で充分見晴らしがよかった。

グラウンドでは野球部が練習をしていた。高校球児は土煙を上げてボールを追っている。なんと言っているのか聞き取れないが、さかんに声をかけ合って走り、打ち、投げる。その運動量は相当なものだろう。

霧島潤は今日子の隣に並んで立っていた。黒いスーツを着た潤と黒い冬の制服姿の今日子は、このところ毎日ここで練習を見ている。

今日子の頭上には桜の花びらが絶え間なく落ちてくる。花びらは短い髪に、制服の肩にいっとき留まって、はらりと落ち、そしてまたどこからともなく舞い降りてくる。

「見てるだけで面白いのか」と潤は訊ねた。

「面白いわけじゃない」

今日子は唇に貼りついた花びらを、指先で払いながら言った。

「なにを見ている」

「あなたには関係ない」

素っ気ない言い方だが、潤を嫌っているわけではない。呼び寄せたのは今日子のほうだからだ。人を呼んでおいて、日がな一日野球の練習を見ているのは失礼といえば失礼だが、こちらも暇をもてあましている身なので特に文句はない。

今日子の表情がわずかに翳《かげ》った。

貫禄ある体軀《たいく》の監督が、両手をメガホンにしてなにかを叫んでいる。声の調子からして、かなり怒っているようだ。

数人の選手が駆け寄ってきた。選手たちは叱られることを覚悟しているようだ。ある者はすでにうなだれ、ある者は頬を強ばらせ、負けん気の強そうな選手は奥歯を噛みしめている。

監督の怒鳴り声がここまで響いてくる。あまりにも激しているので、選手達は言葉を聞き取れているのか疑問だ。

一人を残して選手達はそれぞれの練習に戻っていった。

残ったのは背番号が11番の選手だった。監督の言葉、というか怒鳴り声を全身で浴びながら、悲愴感を漂わせて地面の一点を見つめていた。

今日子が大きく肩で息をした。

「大丈夫か？」

心細そうな目で潤を見上げ、今日子はうなずいた。あまり大丈夫そうでもなかった。

11番の選手は監督が何かを言うたびに、「うぇい」とか「うおぃ」などと、およそ日本語とは思えない言葉で返事をしていた。声だけは威勢がいいが、遠目にもその表情は暗く悲痛だった。

しかしピッチング練習を始めると、こちらに気迫が伝わってくるほど懸命にボールを投げている。11番は、よほど監督に期待されているのか、それとも嫌われているのか、いつもだれよりも叱られていた。

「11番の選手はいつも叱られているなあ。嫌にならないのかね」

「大山《おおやま》くんよ。一年生だけど、とても期待されているの」

「ふーん。期待してるんだったら、もっと褒めればいいのに。俺だったらやる気をなくすね」

今日子はくすくすと笑った。

彼女も期待を一身に背負った選手だった。ソフトボールのピッチャーとして、全国に名前は知れ渡っていた。いずれはオリンピックで活躍するだろうとだれもが思っていたのだ。だがオリンピックの夢は事故であえなく潰《つい》えた。

大山という選手と自分とを重ね合わせているのだろうか。そういえば今日子の目はいつも大山を追っていた気がする。

今日子の心を映すように桜の花びらがふわりと風に舞った。

4

河上久美子がやって来たのは季節外れの猛暑の日だった。バーチカルブラインドをしっかりと閉め、朝からエアコンをつけっぱなしという異常な事態に誰もがうんざりしていた。いつもは日の当たる床を追いかけているか、潤にまつわり付いているリリアンも、トイレの前の薄暗い床で寝ている。

「ああ、そこが一番涼しいんだね」と潤が、少し寂しそうに言う。リリアンは薄目を開けただけで返事もしない。

眠っていたはずのリリアンが、ふと頭をもたげた。首を長く伸ばして、じっと玄関のガラス扉を見ている。南からの日差しを少しでもブロックしようと、今はブラインドを下げている。来客の予定もないので、まあいいかということになっていた。

あまりにもリリアンが不審げに見つめるので、祈一郎は玄関のブラインドを上げた。すると久美子が汗だくで立っていた。

潤はなにか嫌な予感でもしたのか、落ち着かないようすで立ち上がると、裏口から出て行った。

「ここも暑いわねえ」

ソファに腰を落ち着け、汗を拭いながら久美子は言った。

いやいや、外よりはかなり涼しいはずだ。ただ文句を言いたかっただけなのだろう。フェーン現象で大通公園の温度計が三十三度を示している、とニュースで言っていた。昨日の最高気温が二十度だから、一気に十三度も上がったことになる。遠くで路面電車の警笛が鳴った。その音も暑さに悲鳴を上げているように聞こえる。

「猫がいるんですね」

久美子は出された麦茶を一気に飲み干した。やけ酒を呷《あお》るような勢いだった。

「おとなしい猫だわ」

なかなか用件を切り出さないので、だんだんと居心地が悪くなる。

「あのう、今日はどういった……」

河上夫妻の依頼を遠回しに断ってからひと月近くがたっていた。河上の不眠がどうなったのか、ほとんど思い出すこともなかった。

「あなたに教えてもらった入眠儀式、毎日やってます」

険のある言い方に、祈一郎は黙るしかなかった。

「もう、ほんと毎晩やってるの。臭《くさ》いったらありゃしない」

「臭い？」

「アロマよ。アロマ。アロマテラピーの教室まで通いだしたの。それで地球上にあるアロマオイルを全部試してみるつもりらしいわ。あなたを責めているわけじゃないのよ」

いや、完全に責めている。

「こんなことなら、寝室の改装を頼めばよかったと後悔してるの」

それはそれで困る。お金をかけて改装して、河上が眠れるようにならなかったら、どんな文句を言われるかわからない。

「もう一杯いただける？」

久美子は空になったグラスを顎で指した。会うのはこれで二度目だが、こんな人ではなかったと思う。暑さのせいで投げやりになっているのだろうか。

赤芝が冷蔵庫から麦茶の入れ物を持ってきた。グラスに注ぐのを久美子は鋭い目つきでじっと見ている。赤芝は自分がなにかへまをやったのではないかと怯えて手が震えていた。

久美子は二杯目の麦茶を飲むと立ち上がった。帰るのかと思えば、なにかを言いたそうにしている。だが、思い切ったように肩で息をすると、「おじゃましました。ごめんなさい。仕事のじゃまをしちゃって」とぎこちなく微笑んだ。

炎天下を帰っていく久美子を見送り、赤芝と顔を見合わせた。事務所の中が暑くなっていることに気が付いて、エアコンの温度を下げる。久美子のおかげで一時でも涼しくなれたので感謝すべきか。

「なんだったんでしょうね」

赤芝は恐怖のために強ばった顔で言った。

「僕、なんかすごく睨《にら》まれたような気がするんですけど」

「そうだね。だけど赤芝くんはなにも悪くないよ」

祈一郎が入眠儀式などと余計なことを教えたために、久美子が迷惑を被《こうむ》ったということか。しかし、だからといって久美子に怒られるような筋合いのものではない。

「なんであんなに怒っていたんでしょうね」

「おまえが暑苦しいからだよ」

いつの間にか戻ってきた潤が、いつもの調子で毒舌を吐いた。

「きっと暑さのせいだよ。気にするのはよそう」

赤芝が退勤したあと、潤はいつになく物思いにふけっていた。悩んでいるというほどでもないが、なにか気にかかることがあるらしい。

日は落ちても気温はあまり下がらず、窓を全開にしてもぬるい風がわずかに入ってくるだけだ。葦田家のホワイティは暑さに弱いのか、今日は一日中静かだった。

「河上さんの奥さんだがな」

潤が出し抜けに言う。

「ここの事務所に文句を言いに来たわけじゃないかもな」

「そうか？　僕に言いたいことがたくさんあるみたいだったよ。だけど言わないで我慢して帰ったんだと思ったが」

「違うな。たぶん。あの奥さん、友達がいないんだ。それか、とてもプライドが高い」

「え？　なんだそれは」

潤は、「いや、俺の想像だがね」と誤魔化した。リリアンがやって来て潤の膝の上に乗る。夜になって少しだけ気温が下がったようだ。

5

「おまえがなにを言っているのか、俺にはさっぱりわからない」

河上哲治は怒気を含んだ声で言った。

「まだしらを切るの？　見たのよ。私はこの目で。最低の汚らわしい男ね」

久美子は続けて、「獣《けだもの》」、「人でなし」、「エロボケ変態おやじ」などと聞くに堪えない言葉を連呼している。

星のない夜だった。近隣の家からは野球中継の音や子供のはしゃぐ声が聞こえてくる。どの家も窓を開け、かろうじて涼しくなった風を入れているのだろう。

「きみも趣味が悪いね。夫婦げんかの観戦とは」

潤は足元の芝を足でならして、立ち位置を決めながら言った。庭に入り込んで他人の家をのぞき見るなど、潤の美意識が許さないのだが、今夜は仕方なく今日子に付き合っている。

「それにしてもこの奥さん、気が強いうえに口も悪いな」

今日子はこちらを一瞬見て、「ふっ」と笑った。人のことを言えるか、ということか。

「だからなにを見たんだよ。はっきり言えよ」

「そこまで言うんなら言ってやるわ。おぞましくて口にするのも嫌だけどね」

久美子は数回肩を上下させて呼吸を整えた。

「ホテルに行ったでしょう？」

「行ったよ」

河上はあっけなく認める。

「おまえが、俺のアロマを臭い臭いって言うからな」

「おじいちゃんの家に行くって言ってたじゃないの。ホテルに泊まるなんて言ってなかった」

やはり久美子は入眠儀式のことで河上と一度は喧嘩をしていたのだ。

「親父のとこだと朝練に間に合わないんだよ。あとで気が付いたんだ」

「それでホテルに？　女の子と一緒に？」

「え？　おまえなに勘違いしてんの？　アロマテラピーの先生はそりゃあ美人だけど。いやあ、まいったね」

河上は焼き餅を焼かれたのがよほど嬉しいらしい。上機嫌になった。

「アロマテラピーの先生が美人だ、って浮かれて奥さんに写真を見せたの」

久美子の言葉を聞いていた今日子が補足する。同じ男として、その浅はかさに呆れるばかりだ。

「その人じゃないわよ」

久美子はドスの利いた声で応じた。河上が怖じけて一歩後ろに下がる。

「女子高生と一緒だったでしょう？　二人で並んでホテルに入って行くとこ見たのよ」

「え？　あの日？　おまえなんでそんなとこにいたんだよ」

「そんなこと、どうだっていいでしょう」

久美子はほとんど叫ぶように言った。

「愛《あい》ちゃんを塾に迎えに行った日なの」

今日子がまた潤に解説する。愛とは河上家の一人娘だ。

「喧嘩したあと河上先生は出て行っちゃって、奥さんはむしゃくしゃするから少し早めに家を出て、駅前の喫茶店でお茶を飲んでいたのよ。その喫茶店の窓からちょうどビジネスホテルの入り口が見えるってわけ」

「詳しいなあ。なんでそんなことまで知っているの？」

「しっ」

今日子は唇に人差し指を当て、夫婦の言い争いを聞くように促した。

「あなた自分の職業、わかってるでしょう？　信じられない。なんでそういうことができるの？　アロマテラピーの女のほうがまだましよ」

「おい。待てよ。女子高生ってなんだよ。俺はホテルには一人で泊まったんだぞ」

「私はこの目で見たのよ。星置《ほしおき》高校の制服だったわ」

見た。見間違いだ。というやり取りがうんざりするほど続き、河上はついに癇癪《かんしゃく》を起こして久美子を怒鳴りつけた。

「俺は出て行く。こんな家、もう帰ってこないからな」

旅行鞄《かばん》を取り出し、手当たり次第といった感じで身の回りのものを詰め込んだ。

完全に理性を無くしている河上に対して、久美子は冷静だった。

「車の鍵は置いていって。今日も愛を迎えに行かなきゃならないから」

河上は真っ赤になって鍵を投げつけ、少女漫画の主人公のように絶望にうちひしがれて玄関から飛び出して行った。

あっけにとられていた潤と今日子だったが、静かになった河上家の庭でようやく顔を見合わせて二人同時に笑った。

「気の毒な旦那だなあ。なんでこんなことになったんだ」

「ほんと、河上先生は運が悪いわ」

「ひょっとして、一緒にいた女子高生ってきみなのか？」

今日子は意味ありげに笑って歩き始めた。どこに行くのかと思ったら、百合が原公園の入り口だった。

人気《ひとけ》のない駐車場に、間遠な街灯がぼんやりと点っている。園内に入ってすぐのベンチに、河上は肩を落として座っていた。

今日子が後ろから近づいていく。その後ろ姿に桜吹雪のエフェクトが出現して、潤はついて行くことをためらった。

死者に現れるエフェクトは人によって違う。なんらかの思いを残して死んだ者は、肩の辺りや頭上にその思いを反映した映像が映し出されるのだ。そして今日子のようにこの世をさ迷うのだった。

桜の花びらが舞うエフェクトは見ていて飽きない。宙に突然現れた花びらが、スポットライトのように今日子をめがけて落ちてくる。そこはわずかに風も吹いているようで、ランダムにひらひらと翻《ひるがえ》るのだ。

今日子は花びらを纏《まと》いながら河上の後ろに立ち、肩に手を置いた。

河上はなにかを感じたのか、ふいに顔を上げてあたりを見回した。そして深いため息をついた。慰めるように、はらはらと河上の頭や肩に花びらが落ちる。だが残念なことに河上には見えないのだった。

6

「このあいだはごめんなさい」

久美子はアイスクリームの入った小さな箱を、お詫びのしるしにと言いながら祈一郎に渡した。前回とは違って、今日はちゃんとアポイントを取ってから来た。

アイスクリームは近所に最近できた、『ノルテ旭ケ丘』のものだった。ずっと気になっていた店なので、心の中でガッツポーズをする。赤芝の分もあったが、赤芝はまだ久美子が怖いのか一人、身を縮めてスタッフ用のカウンターで食べている。

「突然乗り込んできて、ひどいことを言ってしまって」

「あ、いいえ……そんな……」

その通りだとも言えず、祈一郎は口ごもる。電話では仕事を依頼したい、といった意味のことを言っていたが嫌な予感がする。

「みんな私の勘違いだ、ってことがわかったの。可笑しいでしょう？」と言って笑うが、まだなにも聞いていないので曖昧に笑うしかなかった。

「ほんとに恥ずかしいわ。私ね、主人が浮気していると思っていたのよ。それで喧嘩して家を出たの。私じゃなくて主人がね」

最初はアロマテラピーの先生が怪しいと思っていた。しかし実際目にしたのは、それ以上にショッキングな事実だった。と、その時は信じ込んでいた。久美子は河上がホテルに入るところを偶然見てしまったのだ。それも制服を着た女子高生と一緒に。とても信じられなくて久美子は数日間悩み続けた。夫を問い詰めるには、あまりにも衝撃が大きかったし、だれに相談していいのかもわからなかった。

「あの日、すごく暑かったらしいけど、それもあまり感じていなかったの。精神状態がちょっとおかしくなっていたのね。こちらの事務所の近くに来た時に、気が付いたら入り口の前に立っていたのよ。前に草葉さんにお会いした時に、とても優しそうな人だなって思っていたから、話を聞いてもらいたかったのかしら」

久美子は首をすくめて笑った。

「自分でもよくわからないの。でも草葉さんに、夫が女子高生と淫行しているかもしれないなんて言えないし、結局変な難癖つけてしまって。恥ずかしいわ。ほんとに」

「勘違いだったというのは、女子高生のほうですか？　それともアロマの先生の？」

「どっちもよ。美人の先生の写真を見せたりするから、ちょっととっちめてやったのよ。主人がアロマの先生が好きだったのは事実だったかもしれないけど、先生のほうが相手にするはずないしね。だけど女子高生のほうは一緒にホテルに入るところを見たから、本当にショックだったわ」

たしかに衝撃的だ。久美子は友達がいないか、プライドが高いのだなどと潤は言っていたが、そのどちらでもないようだ。高校教師の夫が女子高生とホテルに入るのを見たら、だれかに相談するのは難しいだろう。

「何日も悩んで、娘が塾の特別講習に行っている時に意を決して話し合ったの」

久美子の「話し合った」がどんなものかを想像して、祈一郎は背筋が凍った。

「夫は認めなかったわ。いくら私がこの目で見たんだ、って言っても絶対に認めないの。それで、その日、夫は家を出て行った。もう帰ってこないとか捨て台詞を残して。私は娘を塾に迎えに行かなきゃならないから、少ししてから車で出かけたわ。塾に行く途中には、大きな公園があるの。私は、ちょっと頭を冷やしたくなって……」

車を駐車場に停めて、ぶらぶらと公園の中を歩いた。するとと街灯の下のベンチで河上が背を丸めて座っていた。気付かれないように引き返そうとすると、向こうから人影が近づいてくる。星置高校の制服を着た女子高生だった。彼女はゆっくりと河上に近づくと、そっと肩に手を置き身じろぎ一つしない。

女子高生からは河上をいたわる思いが溢れているようだった。街灯に映し出された顔を見て、久美子は息を呑んだ。

「私の知っている顔だったの。主人が前の学校で指導していた選手だったわ」

「前に勤めていた高校の生徒さんだったんですか？　でも、そんな夜に公園にいるなんて、危ないじゃないですか」

久美子は祈一郎の言葉には答えず、ひどく沈鬱な顔をしていた。

「ソフトボール部のピッチャーだった子なの。家にも何回か遊びにきたことがあったわ。とても真面目でいい子だった。でもね、去年の春に事故で亡くなったのよ」

全身に鳥肌がたったのがわかった。アイスクリームのせいではなく、体温が一、二度下がった気がした。

「主人は嘘をついていなかったの。加納今日子さんがそばにいただけだったのね。主人に申し訳ないことをしたわ。ぜんぜん信じてあげなかったんだもの」

「それでご主人とは仲直りをしたんですか？」

「いいえ」

「え？」っと思わず聞き返した。誤解が解けたのならなんの問題があるのだろう。

「主人はあれからずっと家を出たままです。友達の家にやっかいになっているそうなんです。さぞかし肩身の狭い思いをしていると思うんですけど、自分の家に帰っても安眠できないんじゃ、どこにいても同じですよね」

無実の夫を疑ったことがかなりこたえているようだ。河上の居場所もわかっているわけだから、会いに行って謝れば済む話だとおもうのだが、どうもそうでもないらしい。夫婦の間のことは他人には理解できないものだ。

「寝室の改装を改めてお願いします」

「え、でもどうしてですか？　改装には反対だったじゃないですか」

反対の理由は金銭的なものが大きかったはずだ。

「私のパート代とへそくりでお願いしたいんです」

祈一郎の危惧を察知したように言った。

「十分なお金を用意できないかもしれませんけど、なんとか主人が気に入るような、よく眠れる寝室にして欲しいんです」

なんという難題をふっかけてくる人だろう、と祈一郎は二の句が継げなかった。仕事に集中するふりをして話を聞いていた赤芝も、思わず振り返った。祈一郎と目が合って気の毒そうに眉を寄せた。今日のTシャツも野菜だ。みずみずしいトマトが胸の前にでかでかと鎮座していた。

「草葉さんの評判を聞きました。主人から聞かされた時は、最初から改装に反対だったのでちゃんと聞いていなかったんです。でもいろんな雑誌に載っている写真を見たり、依頼者のインタビューを読んだりしたら、うちの寝室も草葉さんにデザインして欲しいって思ったの。特に娘さんの拒食症が治ったキッチンは、本当に素敵だったわ。キッチンカウンターが流線型でそのままテーブルと流れるように繋がっていて、白とナチュラルな木の組み合わせがとても斬新で……あんなキッチン見たことがないわ。家族の話が弾みそうな気がしたし、なんだか食欲も湧きそう」

久美子は、「ふふふ」と笑った。そんなふうに褒められて祈一郎も悪い気はしない。つられて笑顔になった。ここに潤がいたら、「乗せられるな」などと釘を刺されたことだろう。

「うちの寝室も、見たこともないような寝室にして欲しいんです」

お願いします、と頭を下げた。祈一郎は必死に断る理由を探した。

「前にも言いましたけど、拒食症や不眠症を治す目的でデザインしたわけじゃないんですよ。結果的にそういうのが改善されたというだけで」

「ええ、わかってます。ただ私は、主人に素敵な寝室をプレゼントしたいんです」

久美子はこれまで見せたことのない優しさに溢れた言い方をした。

7

「河上哲治を恨んでいるのか？」

「まさか」

今日子は即答した。しかし目はグラウンドの河上を見据えたままだった。両手を腰に当て睥睨《へいげい》している河上は相変わらず選手たちに発破をかけ、時に叱責していた。その声が潤のところまでよく聞こえた。

「どうして私が先生を恨むの？」

「さあ、理由はわからないが、こうやって彼のあとを執拗につけ回す、というか追い回しているから、きっとなにかあったんだろうと」

桜の花びらが、ひらりと今日子の肩に留まった。

「河上先生のことを、私は恨んだりしていない」

「じゃあ、なんでいつもいつも彼を見ているんだ」

「心配なの。とても気にかかるの」

「なるほど。それでこうやって迷って出てきたわけか」

河上が不眠症になったのが心配なのだろう。いや、まてよ。河上が不眠症になったのは、今日子がこうやってまとわりついているからではないのか。

「さっきから聞いていれば、つけ回すとか迷って出るとか、ひどい言い方ね」

「化けて出る、って言ったほうがよかったか？」

今日子は首を回して潤を咎《とが》めるように見上げた。さすがに将来を期待されたピッチャーだけあって、たいした目力《めぢから》だった。ショートカットの髪と細い顎。浅黒い肌によく引き締まった手足。一見して普通の女子高生ではないのがわかる。オリンピックでの活躍を期待されていたというのもうなずける。だが、いったいどんな事故で命を絶たれてしまったのか。今日子は未だ潤に心を開いているとはいえない。事故の顚末を知りたいが、それを知るにはまだしばらく時間がかかりそうだ。

「大山」と河上の大音声《だいおんじょう》が響いた。離れた場所にいる潤が驚くほどだから相当な迫力だった。

大山は河上に叱られるために走ってきた。

うなだれ身を固くして、河上の咎める声を頭からシャワーのように浴びている。背番号11も泣いているようだ。

大山は背中を小突かれてグラウンドに戻っていった。

潤は叱られている大山と一緒に身を固くしていたので、「ふー」と長い息をようやく吐くことができた。

「なにを言われていたのか知らないが、俺なら殴ってやるね。闇討ちをするかもしれない」

今日子は深刻な顔でグラウンドを見ている。

「私と似ている」

「似ている？　大山がか？」

こくりとうなずくと同時に季節外れの桜の花びらが、ザッと音を立てて降ってきた。最近わかってきたことだが、今日子の心がなんらかの感情で揺り動かされる時、このエフェクトは強く派手に現れるようだ。

一瞬の桜吹雪の後、別のグラウンドが眼前に広がった。そこでは女子のチームが練習をしていた。甲高いかけ声が飛び交う。埃っぽいグラウンドで選手たちがボールを投げ、打ち、追いかける。

その中にユニフォーム姿の今日子がいた。

「加納、腕を振れ」

河上が叫ぶ。その声に今日子は逐一応え、投げるボールに熱が加わっていく。哲治が今日子を呼び寄せて、なにかを熱心に話している。時々肩を摑んで腕を振ったあと、ステップの幅を確認している。二人の間には深い信頼関係がある。

羊ヶ丘高校の野球部の練習に見入る理由がようやくわかった。一つの目標に向かって、哲治と今日子はこんなふうに濃密で濃厚な時間を過ごしていたのだ。

今日子がこの素晴らしい思い出を懐かしんでいたことを知ると同時に、かけられた期待の大きさが、ふいに潤の心にダイレクトに響いた。潤はその重みに耐え兼ねて、ふらりと重心を失った。

「きみは俺を呼び寄せた。俺になにをさせたい？　なぜ俺を呼び寄せたんだ」

「わからない。気が付いたらあなたがそばにいたの」

「さっき心配だと言ったね。なにが心配なんだ？」

「大山くんが……」

「大山がどう心配なんだ」

「どう、って……」

桜吹雪が一段と激しく吹き付ける。困惑する今日子の心そのままに、花びらは狂ったように乱れて宙を舞った。

8

河上邸での打ち合わせまで、まだかなりの時間がある。打ち合わせの前に百合が原公園を散策しようと、早く事務所を出たのだ。

祈一郎がJR百合が原駅で電車を降りると、目の前に広々とした公園があった。

「なんだこれは」

その公園が目的の公園でないことは、地図で確かめてあるのでわかっている。百合が原公園はここの数十倍の広さがあるのだ。

だが……。

「もうここで充分じゃないか」

祈一郎はうきうきと公園に足を踏み入れ、バランス良く高低を付けて配置された植栽を見て回った。

公園によく植えられているイチョウや松やツツジのほかに、あまり見かけない低木がいくつかあった。

「これはウツギの仲間かな」

葉の形を丹念に見て、あとで調べるために写真を撮った。パーゴラ風の日よけの下に、石のベンチがある。異常な暑さのあとに異常な寒さがあって、天候は不順だったが、この数日はようやく六月の札幌らしい天気が続いている。

そよそよと吹く風が頬を撫でていく。背中に当たる日差しは穏やかで時がたつのを忘れそうだ。

「あ、しまった」

祈一郎は腕時計を見て慌てて立ち上がった。思いの外、時間が過ぎていた。急がなければ百合が原公園は、駆け足で見て回らなければならないことになる。

百合が原公園の外縁には緩やかにカーブした散策路がもうけられていた。片側は公園の巨木が立ち並び、反対側は交通量の多い道路を隔てるように背丈ほどの木が植えられていた。この道を歩いているだけでも来たかいがある。「花の楽園」とも言われる公園なので、一度は訪れてみたいと思っていたのだ。

公園の入り口へと向かう途中、洒落た和風の建物が目に入った。看板には「鎌倉」と大きく墨で書かれていた。最初は蕎麦屋か寿司屋かと思った。しかし店の前の幟《のぼり》には「甘味処」とある。

吸い寄せられるように店に入る。鈍く光った黒い柱に鳥の子《とりこ》色の壁が落ち着いた雰囲気を醸し出している。窓は天井から腰の高さまでのピクチャーウィンドウだった。そこからは、鬱蒼《うっそう》と木々の茂る百合が原公園が見えた。

注文したほうじ茶パフェの、きな粉がかかった白玉を一つ口に入れ、思わずうなった。なんという贅沢で豊かな時間だろう。目の前の緑の森と上品な甘さのスイーツが、日常の些事を遠ざけてくれる。時間がゆっくりと過ぎていくようだ。

祈一郎は、はっとして腕時計を見た。

「しまった」

残ったほうじ茶寒天を口に押し込み、バタバタと店を出た。ついうっかり寄り道をして、予想外にのんびりしてしまった。

早足で道を急ぐと派手なピンク色の建物に目が留まった。いったいなんの建物か、と正面に回って見上げると、ソフトクリームの大きな模型が三つ、入り口の上に飾ってある。中を覗くと、実にカジュアルな内装で女子高生が好んでたまり場にしそうな雰囲気だ。「夕張メロンソフト」「ベリーベリークレープ」「お城のいちごパフェ」など心引かれるメニューが写真付きで壁に貼ってある。

祈一郎は、ふとあたりを見回した。加納今日子が今もこのあたりをさ迷っているのではないだろうか。ひょっとするとすぐそこにいるのかもしれない。

祈一郎は潤以外の霊は見えない。死んで十年になるが、潤の姿が見えるようになったのは一年ほど前だ。初めは自分の頭が変になったのかと思った。しかし潤は毎日祈一郎の前に現れ、生前と変わらぬ姿で生前と変わらぬ話をする。最初こそ驚いたものの、今では一日姿を現さないと、どうしたのかと心配になるほどだ。

もし祈一郎に今日子が見えたなら、クレープを付き合ってやってもいいのだが。

「いかん」

あたふたとその場を離れようとすると、遠くに「六花亭」の看板がそびえ立っていた。甘味処とソフトクリーム屋、六花亭が三角形をなして位置している。

なんという場所だ。祈一郎は胸の中で、ここを秘かに「魔の三角地帯」と名付けた。

百合が原公園の入り口に着いたときには、すでに園内をゆっくりと散策する時間などなかった。入り口近くの花壇を大急ぎで見て回り、サイロをそのまま利用した展望台は外観を見ただけだ。

石造りのサイロは、入り口の上に三つの四角い窓が並び、赤さび色の屋根にはドーマーと呼ばれる小さな窓が四方についている。

サイロの周りは一面にムスカリの花が咲いていた。鮮やかな紫色の中に建つサイロは北欧の童話の世界を彷彿とさせた。絵のようなメルヘンチックな景色を目に焼き付け、祈一郎は河上の家に向かったのだった。

古い住宅が建ち並ぶ中で、その一画だけ小さな新築の家が身を寄せ合うように建っていた。そこに河上の家はあった。大きな一軒家を取り壊し、六軒の建売住宅を建てたようだ。東西に走る細い道路に沿って三軒ずつある中の、北側の中央が河上哲治の家だった。北向きの玄関ではあるが南に庭を広くとっているのだろう。家と家の隙間からトマトやキュウリの株が勢いよく伸びているのが見えた。

祈一郎は呼び鈴を押した。久美子がすぐに出迎え居間に案内してくれた。さほど広いリビングではないが、品の良いソファとセンターテーブル、色味を抑えたカーテンのおかげで居心地のいい空間になっている。娘の愛は部活で、まだ帰宅していないという。

「ご主人はもう戻られたんですか？」

「いいえ、出て行ったきりよ」

なにが可笑しいのか久美子はくすくすと笑った。

「友達の家だと思っていたら、校長先生の家だったの。校長先生から電話が来て、本人は言わないでくれと言っているけど、一応お知らせしておきますって。行くところがないから学校で寝泊まりさせて欲しいって頼んだらしいわ。その時ちょうど、校長先生の奥様が体調を崩して入院していたので、うちで家事をやりなさいってことになったんですって」

大きな体で奥様の代わりに炊事や掃除をする河上の姿を思い浮かべると、たしかにちょっと笑ってしまう。しかもそこは校長先生の家なのだ。緊張を強いられ、冷や汗をかきながら慣れない家事をやる様子が目に浮かぶようだ。

「寝室の改装について、ご主人の意見は聞かなくていいんですか？　誤解が解けたんだし、帰ってくるようにおっしゃってはいかがですか？」

「いいのよ。主人はセンスがないから。カーテンやカーペットを選ぶときも、機能的な面ではどんなものが欲しいかはっきりしているけど、色やデザインに関しては全部人任せなの。みんな私が決めたんですよ」

上品で居心地のいいリビングは、久美子がチョイスした壁紙やカーテンや家具のおかげらしい。

「それにもう少し校長先生の家で苦労したらいいと思うわ。アロマの先生の写真を持ち歩いてデレデレした罰よ」

いい気味だと言わんばかりに眉を上げた。しかしすぐに神妙な顔つきになった。

「そのソファです。そこで毎日寝ていたんですよ」

久美子は祈一郎が座っているソファに目を遣った。

「これですか」

改めて見てみると、座りやすそうではあるが決して寝やすそうではない。

「いっそソファベッドにしたら、なんて言ったの。ひどいことを言ったわ。主人はあんなに苦しんでいたのに」

久美子から貰った家の図面によると二階には三部屋ある。夫婦の寝室と娘、愛の部屋、そして哲治の趣味の部屋を兼ねた納戸である。哲治はその納戸か、一階のリビング隣の和室を寝室に改装したいと考えていたという。

リビングに続く和室は、仕切りの引き戸が壁に収納されるタイプのものだ。今は開け放してあるのでリビングの狭さが気にならないが、ここを寝室にするのは賛成できない。引き戸を開けていても閉めていても、圧迫感のあるくつろげないリビングになってしまう。図面を見た限りでは、二階の納戸もそれほど広くないので寝室にするには適当ではないだろう。金銭的なことだけでなく、久美子が改装に反対するのはよくわかる。

「寝室のせいで眠れないなんてことはないと思いますよ。どう考えても。でも、『ほら、これがよく眠れる寝室よ』って言って素敵に改装されたのを見せたら、ひょっとしたら眠れるようになるんじゃないかって気がするんです」

「はあ」

困り切っている祈一郎にはお構いなしに、久美子は寝室に案内する、と言って立ち上がった。

階段を上がりきった正面に納戸、左手に愛の南向きの部屋がある。そこをさらに左に行くと主寝室だ。この部屋は東向きで道路からも遠く、寝室としては文句の付けようがない位置にある。

中に入り、すっきりと整ったベッドルームを見渡した。余計な飾りはなく、心地よい眠りを追求したインテリアになっている。隣家とは窓が向き合っているのが難点と言えなくもないが、距離があるのでそれほど問題にはならないだろう。向かいの部屋は子供部屋なのかもしれない。窓の両側に束ねてあるカーテンは動物柄がプリントされていた。

寝室にテレビや鏡を置いたために落ち着かない部屋になってしまうことがよくあるが、ここはベッドとサイドテーブル、久美子のドレッサーの他は小さな本棚があるだけだった。

「やはり見た感じでは、眠りを妨げるようなものはありませんね」

「そうでしょう？　最初ベッドはこっち側だったんです。ダブルのベッドをシングル二つに買い替えました」

久美子は腕を広げてその場所を示した。

「それからカーテンは最初、濃いブラウンだったんです。カーペットの色に合わせてそうしたんですが、ちょっと色が重すぎるので明るい色に買い替えました」

今は淡いモスグリーンのカーテンが掛かっている。床はフローリングにカーテンと同色の円形のラグが敷かれている、明るめの落ち着いた寝室である。もっとも濃いブラウンを基調としたものであっても寝室としては、落ち着いた「よく眠れる」寝室といえるだろう。

「これを見てください」

久美子はクローゼットを開け、段ボール箱を引っ張り出した。箱を開けると枕が入っている。見たところ四個ほどの枕が入っていた。

「もともと主人は枕が変わったくらいで、眠れなくなるような人じゃないんです」

なぜか久美子は段ボールから枕を取り出し始めた。

「これが『低反発枕』。これは『無重力枕』ですって」

『低反発枕』は大小のかまぼこを合わせたような、よく見る形だ。無重力のほうは大型の座布団にしか見えない。しかし触ってみると確かに経験したことのない感触だ。柔らかくもあり適度な反発もある。なぜかずっと触っていたくなる感覚だった。三つ目は『天使の枕』だという。三日月型の大きめの枕で、いわゆる抱き枕だ。

「で、これがサウンドピロー」

最後に取り出した枕は見たところ何の変哲もない枕だった。だがよく見ると端から細いコードが垂れ下がっている。

久美子は段ボールの底から数枚のＣＤを出して見せた。

「枕の中にスピーカーが入っているんです。プレーヤーに繋げてこういうのを聴いていたんです」

差し出されたＣＤのタイトルを見て、祈一郎は吹き出してしまった。オルゴール、小川のせせらぎ、ｆ分の１ゆらぎなどのＣＤに交じって子守歌のＣＤがあったのだ。

ジャケットは子熊が母熊の膝で眠っているイラストだった。

天使の枕に抱きついて眠る河上も可愛らしいが、それ以上に子守歌を聴きながら熊のような男が眠ろうとして眠れず、何度も寝返りをうつ姿もちょっと笑える。

「すみません」

祈一郎はうっかり笑ってしまい、口を押さえて謝った。事務所で枕の話をした時に、久美子が笑った意味が今ようやくわかった。

「いいのよ。私なんか、『巨人の星』の歌でもかければ、って言ったんだから」

納戸は北向きに小さな窓のある五畳ほどの部屋だった。納戸としてはかなり大きめで、寝室にできないことはないが、やはり無理がある。それに北側にはそれほど交通量は多くないが道路がある。寝室の位置は今のまま変えないのがベストだと祈一郎は結論を出した。

「で、どんな寝室にしていただけるんですか？」

久美子は期待を込めてそう訊いた。

9

祈一郎は始業前の事務所で急ぎの仕事をしていた。アイディアを出すにはこの時間が最適なのだ。

一度目に提案したものがあっさりと却下され、二度目のデザインプランだった。クライアントには、これまではほとんどが一回でオーケーされてきた。だからなおさら力を入れて、クライアントの意向に沿うものを考えるつもりだ。

「熱心だな。河上邸の改装か？」

潤は雑誌の表紙を飾るモデルのように足を組んで言った。黒いスーツの潤に黒猫のリリアンが寄り添っているので、一人と一匹は一体化してしまっている。背景はピクチャーウィンドウ越しに見える隣家の庭だ。燃えるようなオレンジ色のレンゲツツジが満開をむかえていた。

「いや、あれは断るよ。今やっているのは界川《さかいがわ》の豪邸の内装だ」

「なんだと」

「河上さんのほうまで手が回らないんだ。界川のほうは、とても急いでいるんでね」

「そんなの赤芝にやらせろよ」

「赤芝くんも結構忙しいんだ。あ、そうだ。社員をもう一人雇うことにした」

「へえ。どんなやつ？」

「石原《いしはら》デザイン事務所を円満退社した人だ」

祈一郎は履歴書を取り出した。

「羽月奈々《はづきなな》。二十四歳。趣味は旅行とガーデニングか」

「趣味なんかどうでもいい。職歴は？　石原さんとこだけ？」

「うん。石原デザイン事務所に一年二ヵ月だ」

「一年二ヵ月で円満退社だと？　問題があったと考えるべきだな」

「もう、採用するって言っちゃった」

潤は目を剥《む》き、「なんてこった」と言って天井を仰いだ。

「祈一郎。俺は心配だよ。この事務所は大丈夫なのか。赤芝みたいなやつをいつまでも雇っておくかと思えば、今度は羽月とかいう怪しげな女だ」

「怪しげというのは言い過ぎだろう。それに赤芝くんはよくやってくれているよ。潤は彼の服装が気に入らないだけだろう」

「ふん」と不満そうに潤は鼻を鳴らした。

「人を雇うんなら河上の家もできるだろう」

「なぜそこまで河上邸にこだわるんだ」

潤は、「こだわっているわけじゃない」と不機嫌な顔で横を向いた。折しも葦田夫人とホワイティが散歩から帰ってきたところだった。

リリアンをめざとく見つけ、ホワイティは吠えかかってくる。葦田夫人は引きずられて窓のそば近くまでやってきた。祈一郎と目が合うと、申し訳なさそうに肩をすぼめて頭を下げる。

「いけません。ホワイティ。静かに。静かになさい」

声は大きいが迫力が足りないのか、ホワイティはまったく言うことを聞かない。リリアンも毛を逆立てて応戦している。

リリアンが窓際にいるときは必ず吠えるので、葦田夫人は大汗をかきながら謝りつづける。そして六花亭のお菓子や夕張メロンを、「頂き物ですが」と言って持ってくるのだ。いつも、「うちのホワイティがうるさくてすみません」と言葉を添えるのを忘れない。なぜ境界に生け垣や塀を作らないのだろう。もっともそんなことをされてはこちらが困るのだが。

あまりのうるささに潤は奥のカウンターへと場所を変えた。リリアンも闘うことに疲れたのだろう、一緒についていく。

やっと取り戻した静寂に、潤が再び話を戻す。

「あの仕事、受けろよ」

「断ることに決めたんだ。このまま引き受けるなんて詐欺だよ」

「しかし奥さんは納得しているんだろう？」

「口ではね。『わかってます。いいんです。たとえ眠れるようにならなくても』って言うんだけど、しっかり期待しているのがバレバレなんだよ」

「いいじゃないか。期待に応えてやれよ」

「おまえなあ」

潤はふいに真顔になって、「どんな寝室にしても河上は眠れるようになる」と言った。

「おまえなにを企んでいる」

「なにも企んじゃいないさ。ただ、もうじき河上が抱えている問題が解決されるだろう、ということだ」

「抱えてる問題って、不眠がか？」

「いや、当人も気付いていない問題だ。だから厄介なんだ」

「おまえ、ひょっとして」

祈一郎はこれまでの仕事で、思わぬ効果があったケースをいくつか思い出してみた。どれも祈一郎の意図しなかったところで、クライアントの悩みが解決し、感謝された。そのつど腑に落ちないながらも、自分のデザインには人知を超えた力があるのかもしれないと秘かにうぬぼれていたのだ。しかし潤の暗躍があったのではないだろうか。

「ひょっとして、おまえがクライアントの問題解決に一役買っていたのか？」

「全部ではないが」

「そうだったのか……」

祈一郎はがっくりと肩を落とした。自分が恥ずかしいとすら思う。

「おいおい。そうがっかりするなよ。全部じゃないと言っているだろうが」

これほどショックを受けると思っていなかったのか、少し慌てている。

「人助けだと思って、河上の家の改装をやってくれよ」

「人助け？」

「正確には霊助け、かな。ま、とにかく引き受けろ。すべてがうまくいく」

お気楽な調子に少々腹がたつが、潤の希望通りになっていく気がする。その証拠に界川の案件を、赤芝か羽月かどちらに手伝ってもらうか、もう考え始めていた。

10

「調子悪そう」

今日子はいつもの場所で野球部の練習を見ながら言った。

「まあ、そうだろうな。眠れないんじゃ、調子も悪くなるだろう」

「え、そうなの？」

今日子は驚いて振り返った。

「なんだ知らなかったのか」

潤は意外だった。まるでストーカーのようにつきまとっていた今日子が河上の不眠を知らなかったとは。

「知らなかった。大山くんが眠れていないなんて」

「大山？　いや、眠れないのは河上だよ」

「あら、そう」

「河上のことは心配じゃないのか？」

「そうねえ」と今日子は顎に手を当てる。

「考えるのか」

思わず潤は突っ込みを入れた。

「前から思っていたが、けっこう冷たいやつだな」

「私が嫌いなら消えていいのよ」

冗談とは思えない言い方だった。見た目は女子高生なのに、喋り方は老成していた。

「ちょっと訊きたいんだが、その……生きてる時もそんなだった？」

「ちがう。いつも周りに気を遣っていた。女の子であることを意識していたし、ソフトボールがうまいからって偉そうだ、なんて言われないように気を付けていた。言いたいことは全部胸の奥に仕舞い込んで、自分が思い通りに生きていない、ってことも気付いていなかった。親や先生や友だちの前ではいい子だった」

今日子は暗い目で野球部員が走り回るグラウンドを見ていた。

「あなたは？　ずっとそんな感じ？」

「俺？　そうだな俺は生きてる時から、こうだ。なにも変わらない」

「そう。なんか気の毒」

「な、なんだよ。俺の性格のどこが気の毒なんだ。俺はこれでもみんなに……」

「私が心配なのは大山くんよ。あの様子だと確かに眠れていないかもしれない」

グラウンド上の大山は、いつもと変わらず大きな声を出しながら、ボールを投げたり追いかけたりしている。潤から見ると元気そのものだ。

「彼のどこが調子悪そうなんだ？」

「追い詰められている。あの時の私と、とてもよく似ている」

「あの時の？」

潤がそう訊ねると同時に、今日子の頭上にはらはらと桜色のものが降ってきた。無数の花びらが渦を巻いて今日子を取りまいた。

一瞬、今日子の姿が消えた。

再び現れた今日子は在りし日の今日子だった。制服姿はそのままだが、現世の苦悩にうちひしがれ心ここにあらずといった態で、自宅の居間とおぼしきところに立っていた。

そばに父親がいる。

「いつからなんだ」

父親は娘を責めていた。

「いつから練習を休んでいるんだ」

今日子の顔は青ざめている、というより紙のように白い。父親の声がまるで聞こえていないかのように反応がない。決して反抗的という態度ではない。しかし父親は次第に感情を高ぶらせていく。

「今が一番大事なときじゃないか。これまでがんばってきたことが、これから報われるんだ。もう少しじゃないか。おまえだけの問題じゃないんだぞ。チームメイトのことを考えろ。みんなおまえに期待しているんだ」

今日子が練習を休む理由を訊こうともしない。ソフトボールに嫌気がさして練習をサボっていると決めつけているようだ。時には強く、時には宥めるように、いかにみんなが今日子に期待しているかを、いつ終わるともなく話し続ける。

「自信が……なくなっちゃって」

ようやく口を開くと、父親は一瞬言葉を切った。しかし今日子の言葉は、意味のあるものとして父親の耳に入らなかったようだ。理解を超えた言葉は意味をなさないらしい。

居間の入り口に河上哲治が立っていた。練習を休んだ今日子を心配して家まで来たのだ。

「お父さん。ここはゆっくり今日子さんの話を聞きましょう。練習を休んだのは昨日と今日の、たった二日です」

「休んでしまった時間は取り戻せないんですよ。一日だって休んだらそれはもうゼロ、いやマイナスなんだ」

河上に隠すことなく苛立ちを見せて父親は言った。今日子は外界から自分を隔てようとするように見えない壁を作っていた。

「今はほんのちょっと調子が悪いだけだ。ここを乗り越えればまた調子が戻ってくる。あきらめちゃだめだ。な、加納」

どんな言葉も、もう今日子の心は受け付けない。

「私には無理。私には無理。私には無理」

今日子の声にならない声が潤の胸に響いた。

どのくらいの時間、父親と河上に説得されていたのだろう。さまざまな言葉と感情の断片が刃物のように今日子を苛《さいな》んだ。潤にはその傷から流れ出る鮮血すら見える気がした。

人一倍練習熱心だった選手が、自ら決断して練習を休んだ。それがどれほどの決意を要したか、大人たちにはまるで思いが及ばないようだった。

今日子は一人、星置駅にいた。花見帰りの客でごった返すホームを、人の波に押さ

れながらさ迷っていた。すべての感情を消し去って抜け殻になり、次第に追いやられ
ホームの端までやって来る。
アナウンスがあり、振動が近付く。
今日子の顔が、なぜか突然喜びであふれた。
近付く轟音。
ふらり、と今日子の体が線路に消える。
悲鳴と地響き。怒号と混乱。
駅のホームは歪み、ちぎれ、桜の花びらとともに渦巻いて消えていった。

11

河上邸の寝室のデザインはさほど苦労せずに出来上がった。前からやってみたかったことを盛り込み、閃《ひらめ》くままにアイディアを形にしていった。自由にやってくれ、という潤の言葉の後押しがあったことも大きかっただろう。予算は久美子のへそくりの範囲内という制約があったので、もっとも苦心したのは工事費を安く上げることだったといえる。

彩色された寝室のパースを見せると久美子は目を輝かせ、一も二もなく了承した。低予算の工事であるために、工期はわずか二日間だ。

祈一郎は約束の時間より少し早く河上邸に着いた。日が暮れて、これから夜に向かって空気の匂いも変化していこうという頃合いだった。

呼び鈴を鳴らしたがだれも出ない。河上を迎えに行った久美子はまだ戻ってきていないようだ。娘の愛は今日も塾の特別講習があるという。久美子は改装された寝室を、夫に披露するもっともドラマチックな場面を演出するつもりらしい。

河上家の自家用車がカーポートに入り、二人が降りてきた。哲治はなにも聞かされていないのだろう。祈一郎をみると、「あ」と声をあげた。

「奥様のご依頼で、寝室の改装をさせていただきました」

「え、なに。なにそれ。どういうこと？」

驚きと喜びが交じった反応はまるで子供のようだ。子守歌を聴きながら『天使の枕』を抱いて寝ていた人だと思うと、初対面の時の印象とはかなり違っている。河上という人は純粋でまっすぐな人物なのだろうと想像する。

打ち合わせ通り、まずは寝室のコンセプトを説明する。これは久美子の要望だった。最初にデザインの意図を話した時、こちらが驚くほどに久美子は感激し、夫にも同じように話して欲しいと頼まれたのだ。

河上家のリビングで図面を広げ説明を始めると、すぐにでも寝室を見たい河上は、落ち着かない様子だった。

「僕がまず着目したのは、河上さんが寝室では眠れないのに、ソファでは眠れるという点です。それについてご自身ではどう思われますか？」

「うーん。まったく訳がわからないですね」

「お知り合いの家に泊まってらっしゃるそうですが、眠れていますか？」

「まあまあ寝てますね。寝付きはいいとは言えませんが、朝まで眠れないなんてことはありません」

「ホテルに泊まった時も同じですね」

河上は驚いて、そんなことまで言ったのか、と咎めるような目で久美子を見た。

「僕はそこに一定の法則があることに気付きました。つまり『日常』である自宅の寝室では眠れず、『非日常』であるソファやホテルや知人の家なら眠れる」

「校長先生の家です」

なにもかも知っているのだろう、と河上は諦めた調子で言った。

「自宅の寝室も『非日常』にしてしまえばいい。僕は最初、そんなふうに考えました。だけどそれには致命的な欠陥があるんです。自宅の寝室をいくら『非日常』にしても、毎日そこで寝れば、いつかは『日常』になってしまう。そこで眠りの形而上学的な意味を考えました。眠りは死にとてもよく似ています」

河上は思いもよらぬ言葉を聞いて、「え」と身を引いた。隣で久美子が小さくうなずいている。

「レオナルド・ダ・ヴィンチも言っています。『よい一日が安らかな眠りをもたらすように、よい一生は安らかな死をもたらす』と。私たちは毎日、一日の終わりに死の予行演習をしているのです。では予行演習のための寝室を見ていただきましょう」

三人は連れだって階段へ向かう。

昼間は何の変哲もない階段だ。しかし夜になりライトを点灯すると、柔らかい筋状の光が階段の上方から落ちてくる。階段室の正面の窓は高い位置にあり、細長い形をしているのだが、その両脇に細いライトを設置しているのだ。

階段には滑り止めをかねたポリウレタン系のエラストマーを薄く貼った。そこには特殊な加工が施されており、照明器具からの光を受けると薄く発光する。それは天上から幾筋もの光が差し込んでいるさまを思わせる。蹴込《けこ》みの部分にも同じものを貼っているので、下から見上げればまさに光とともに天に昇って行く心地がするのだ。

「これは天国へ続く階段ですね。なんというか……この階段の先に極上の幸福が待っている気がする」

河上は恍惚として目を細めた。

「天使の梯子よね」

久美子もうっとりしてつぶやく。

寝室のライトは、もとからあったものは撤去して、ダウンライトとフットライトのみで明るさを確保することにした。雲の上の花園をイメージしているが、決して乙女チックな、いわゆる姫系といわれる色合いではなく、グリーン、白、ブルーで構成されている。もともとカーテンとラグがグリーン系なので、それをそのまま使った。

腰壁の部分の壁紙は花畑を連想させるものにした。抽象的な奥行きのある落ち着いた色味の中にも華やかさがある。白い花を思わせる意匠が、見る者をふっと和ませるのだ。天井からのダウンライトはあくまでも優しく繊細な光を投げかける。床を這うように照らすフットライトは光を乱反射させる乳白色のセードをかけてあり、壁紙の白い模様の部分を、時には花のように、時には雲のようにも見せてくれる。

もっとも工夫を凝らしたのはベッドのヘッドボードだ。無用な音や空気の流れを遮断するために、ゆるい円形のボードが頭上に覆い被さる形になっている。これによって、なにかに守られている安心感が生まれるのだ。

寝室に足を踏み入れた河上は、はっと息を吞んだあと、ゆっくりと吐き出した。肩の力が抜けたのが、はたで見ていてもわかった。

「この部屋なら眠れそうな気がする」

その声の調子は、祈一郎のデザインに充分に満足したと言っているようだ。

河上は憑《つ》かれたように歩き出すと、ベッドに仰向けに寝転がった。しばらく目を閉じて静かな呼吸を繰り返している。

日は落ちたばかりだが、もっと夜の闇が濃くなれば、この部屋は雲の上に浮かぶ花園により近くなるだろう。

「すごく落ち着く。こうやって横になっているだけで疲れが取れていくようだ。眠れなくても大丈夫って気がする」

河上はそう言って笑った。

夫妻に玄関まで見送られ、改めて河上の顔を見て確信した。河上は眠れるようになるだろう。それは眠れなくても大丈夫と言った言葉でもわかる。

それならば、潤に頼まれたメッセージを伝えるのは今かもしれない。言いにくいことではあるが、今の河上ならきっと理解してくれる。

「死の予行演習などと不吉なことを聞いて、さぞ驚かれたでしょうね」

「そりゃあまあ驚きましたが、よい一日が送れるように毎日心がければ、最終的にはよい人生を送れるわけですから、毎日死ぬ練習をするというのも悪くないですね。一日を大切にしてちゃんと生きようっていう気になりますよ」

「わかっていただいてありがとうございます。おっしゃるとおり、なんということもない日を大切に生きるというのは、わかっていても難しいことだと僕なんかは思います。ごくありふれた日常生活を送る家というものがいかに大切か、こちらのお宅の改装に関わってよくわかりました。僕が思ったのは、一日を終える寝室で一生を終える疑似体験をしたときに、否応なく人の死というものを無意識の領域で再確認させられるんだなあ、ということです。その時に、自らの人生を行き過ぎていった人々があぶくのように、自然と頭の片隅に浮き上がってくるのでしょう。つまり死者たちの記憶がです」

河上はもう祈一郎がなにを言おうとしているのか、わかっているようだ。悲しみをたたえた目でこちらを見ていた。

「忘れられない人がいますね。ほんの一年前に亡くなった人です」

「一年と三ヵ月です。忘れようと思ったって忘れられるものじゃありません。だから……。だからこそ」

「ええ。だから大山選手に過大な期待をかけたのですね。あなたは心のどこかで、それがとても危険なことと怖れていたのではないですか。加納今日子さんの二の舞になりはしないかと」

「そうかもしれない。大山を鍛えれば鍛えるほど、たしかに不安になっていった。だけどその不安がどこから来るのかわからなかった。いや、勘違いしていた。大山をもっと鍛えてもっと追い込めば、その不安から逃れられるような気がしていた」

河上はがっくりと頭を垂れた。

「間違っていた。俺は大変な間違いを再び犯すところだった」

12

「事故じゃなかったのか」

「いい考えだと思ったのよ。あそこに飛び込めば楽になれるって。もうだれの期待にも応える必要はないんだって、そう思ったらかってに体が動いていた」

今日子の頭上のエフェクトは、穏やかに桜の花びらを降らしている。相変わらず野球部の練習が見渡せる堤防に、今日子と潤は並んで立っていた。

「あれが事故じゃないって、お父さんは知っているの。私の机の上にあったメモを読んだから。でもだれにも見せないで破り捨ててしまった」

潤は驚いて今日子の横顔を凝視した。頬がわずかに透けていた。よく見ると今日子の肩の向こう側に花びらがひらひらと落ちていた。肩も足先も透け始めていた。

メモに書かれていたのは、今日子の苦しみを吐露したものだった。決して自殺を示唆するものではないが、そのメモと直後に起きたことを考え合わせれば、事故ではなく自殺だったとだれもが思うだろう。

「河上に知ってもらわなくていいのか？　教えてやろうか？　俺の友達に頼んでやるよ」

大山の心配をしながらも、いつも近くで見ていたのは河上だ。それは河上に警告したかったからだ、とずっと思っていたが、実は自分がどんなに苦しんでいたかを知ってもらいたかったのではないか。

今日子は首を横に振った。

「これ以上だれも苦しめたくないの。きっとみんな、なんとなくわかっていると思う。でも、事故だったって思いたいのよね」

「うん。お父さんと潤に知ってもらっていれば、それでいい」

「いいのか？　それで」

「初めて名前を呼んだな」

今日子はこちらを向いて笑った。くったくのない穏やかな笑顔だった。

13

「天使の梯子とはいいこと言うね、あの奥さんも。なかなかいい人だったよな」

潤はリリアンの喉を撫でながら言った。いつの間にか夏になっていた。朝日が、もうすでに焼けるような暑さだ。一人と一匹は黒いひと塊の影になりながら、それでも涼しげだった。

「いい人だった？　おまえ奥さんに会ったことないだろう？」

「直接は会ってないが、なんとなくわかる」

なにか引っかかる言い方だ。

「おまえひょっとして、あの奥さんが怖いのか？」

「怖いわけないだろう。赤芝じゃあるまいし」

潤は心外だという顔で否定した。

「俺は河上が不眠症になったのは、あの奥さんのせいだと思っていたよ。尻に敷かれてストレスが溜まってさ」

「だけど実際は旦那さん思いの優しい人だったよ」

潤からは、とにかく河上が気に入るような寝室をデザインしてくれ、と頼まれていた。それは潤に言われるまでもないことだ。少しくらい少女趣味なものでも大丈夫、と気を楽に構えていたのが功を奏して、大人の男性にも充分受け入れてもらえるものができあがったと自負している。

「やっぱり、河上さんは加納今日子さんに、なんというか……取り憑かれていたってことかな。それで眠れなくなった、と」

大山の危機を伝えたい一途な思いが、河上の精神状態に緊張をもたらしたということか。

「河上本人の精神状態も多分に影響していただろう。心の奥底で加納今日子に、もっとしてやれることがあったんじゃないかと後悔していたんだろう。まあ、不眠の原因は一つじゃないからな。なんにしても、おまえが寝室を改装してやって眠れるようになったってことはめでたいな。また話題になって仕事が増えるぞ」

「めでたいものか。こんなことで依頼人が増えては困る。河上さんが眠れるようになったのは、加納さんが成仏したからだろう」

「非科学的なことを言うやつだな。おまえは」

その時、事務所の電話が鳴った。受話器を取る前からそれがどんな電話かわかっている気がした。それは潤も同じらしく、ふっと表情を変えた。

潤の視線を感じながら電話に出る。

「今日、紗栄にあったわ」

やはり先日かけてきた、辻明日美だった。明日美は電話の相手が祈一郎であることを確かめもせずに続けた。

「たぶん成田空港に向かったんだと思う。大きな荷物持ってたし、前にあった時も同じ路線だったの。それでね、私も電車に乗って紗栄を捕まえたのよ。『日本に帰ってきてたの？』って訊いたら」

「なんて言ってた？」

「なにも言わないの。『今なにしてるの？』とか『これからどこに行くの？』とか訊いたんだけど悲しそうな顔で黙っているだけで。なんだか人が変わってしまったようになってて、紗栄じゃないみたいだった」

聡明で明るい彼女がどんなふうに変わったというのだろう。

どこで何をしているのか、なぜ家族にすら連絡をせず、居場所を教えないのか。明日美は訊きたいことがたくさんありすぎて言葉に詰まっていたという。ちょうど電車は次の駅に停まった。ドアが開き人が乗り降りするのを、明日美と紗栄は無言で見ていたが、突然紗栄が口を開いた。『リュージュを探してて……』『リュージュってなに？』と明日美が聞き返すと同時に、紗栄は閉まりかけたドアからするりと降りてしまったという。

「ねえ、リュージュってあのリュージュかしら。彼女、スキーをやるのは知ってたけど、リュージュなんてやるかな」

「リュージュ？　ほんとうにリュージュって言ったの？　探してて、ってなんかよくわからないね」

「そうね。リューズ？　時計のリューズのことかしら。それともヒューズ？」

電話を切ったあとも、祈一郎は明日美から聞いた言葉の意味を考えていた。

「ヒューズがどうしたって？」

潤が首を伸ばして訊く。

「聞こえてたのか」

「赤芝さん、今、どこにいるんだ？」

「わからないらしい。日本に帰ってきていたみたいなんだけど、成田行きの電車に乗っていたから、また海外に行ったんじゃないかって」

「日本に戻ってたのか。なんで隠れてるんだろうな。外国でなにをしてるんだろう」

「橇《そり》に乗ってるんじゃないのかな。サンタクロースみたいに」

「なんだそれ」

リュージュは橇ではない。時計のリューズでもない。だが偶然にも龍頭《リュウズ》によく似た言葉を祈一郎は思い起こした。

紗栄が言っていたのは、カブリオレと呼ばれる猫脚家具の龍珠《リュウジュ》のことではないだろうか。

祈一郎は猫脚家具の、あの優雅な曲線が好きだった。特に足先が龍で、しっかりと珠《たま》を握った形のものが好きだと紗栄に話したことがある。だが、それが紗栄の失踪とどういう関係があるのかは、皆目見当がつかない。

潤は紗栄のことをもっと話したそうだった。しかしちょうど赤芝が出勤してきた。今日のTシャツは土に半分埋まったゴボウが、「eat me」と叫んでいるものだった。

「赤芝。おまえは、そんなTシャツ着て恥ずかしくないのか。俺は恥ずかしいよ。今すぐおまえをぶちのめしたいぞ」

　潤が文句を言い始めると、さらに折よく葦田夫人とホワイティが散歩から帰ってきた。お定まりの騒ぎのあと、ようやく事務所の中は静けさを取り戻した。

「昨日『カフェ・ブラン』の店長に会ってきたんですが、椅子とテーブルについて別の案はないかって言ってました」

　赤芝はリュックから書類を取り出し、ずり落ちた眼鏡を中指で押し上げた。

「この間は、あれでいいって言ってたのにな。何が気に入らないんだろう」

「北区のマンションの打ち合わせもあるのに困りますよね。あ、でも今日から新入社員が来るんですよね。助かるなあ」

「赤芝くんにはずいぶん無理言ったけど、これからはちょっとゆとりができるよ」

　その時新入社員の羽月奈々が出社してきた。今日が勤務初日だ。

「紹介するよ。今日からうちで働いてくれる羽月さんだ。羽月さん、彼は赤芝くん。わからないことはなんでも訊いて、早く慣れてくださいね」

「はい。よろしくお願いします」

　奈々が頭を下げると、黒髪がさらさらと頬にかかった。それを白い指で桜貝のような耳に掛ける。すらりと伸びた長い手足。小さな顔に、大きな潤んだ目が印象的だ。

テレビに出ているアイドルタレント並みの容姿をしている。ファッションも白いシャツにグレーのタイトなスカートと、仕事用として文句の付けようがなかった。

新入社員の登場は、赤芝にかなりの衝撃を与えたようだった。

「よ、よ、よろしく。あ、あの、僕でよかったら、な、な、なんでも聞いてね」

赤芝の顔は赤いというより、もはや黒に近いくらいだった。流れる汗をシャツの袖で拭きながら愛想笑いをしているのが、祈一郎から見てもちょっと不気味だ。そんな赤芝を気にする風でもなく、奈々は潤の前に進み、「よろしくお願いします」と頭を下げた。

これには祈一郎も慌てた。潤もぎょっとして身を引いた。潤の足元にいたリリアンが悠然と顔を洗いながら、「ニャ」と返事をした。

なるほど、と祈一郎は一人得心した。潤の姿が見えるのは、自分だけだと思っていたが、奈々にも見えるらしい。そして多分、河上久美子も見えるのだ。加納今日子の姿が見えていたことからも、そう考えて間違いないだろう。久美子が事務所に来る時は、なぜかいつも潤がいない時ばかりだったが、偶然ではなかったのかもしれない。

「あ、あの。羽月さん？」

赤芝が探るような目で話しかけた。

「今、猫に挨拶しましたよね」

奈々は慌てて、「いいえ、そんなことありません」と両手をひらひらさせた。

「羽月さん、荷物を置いてきたら？　ロッカーに名前をつけておいたから」

奈々は「はい」と元気よく返事をして、ぱたぱたとカウンターの向こうに消えた。

「変わった人ですね。猫に挨拶するなんて」

赤芝は目を丸くして奈々の後ろ姿を盗み見た。

「赤芝。おまえに変わった人呼ばわりされるなんて、羽月奈々も気の毒だな」

「潤、少し黙っててもらえないか」

奈々の慌てようが祈一郎にも移ってしまったのか、思わず潤に言ってしまった。

赤芝は神妙な顔で祈一郎を見上げた。

「前から祈一郎さんに訊こうと思っていたんですが」

「所長って言えよ、赤芝」

「祈一郎さんは時々、ジュンに話しかけますが、まさか猫と話ができるわけじゃないんですよね。羽月さんも今、ジュンに挨拶したでしょう？　まあ、猫好きの人はよく道で猫に話しかけてますが、祈一郎さんの場合、なんか会話しているようにも見えるんですけど」

「え、どうかな」

薄く笑ってごまかそうとしたが、赤芝はリリアンと祈一郎を疑り深そうな目で見比べた。

赤芝と話をしている時に、潤がしょっちゅう口出しするので、うっかりそれに答えてしまうことがある。リリアンはいつも潤のそばにいるために、潤が見えない赤芝には祈一郎が猫に話しかけているように見えるのだ。それで猫の名前をジュンだと思い込んでしまったのだ。

戻ってきた奈々は、潤がいる方向を見ないように不自然な歩き方で自分の席に座った。

「赤芝くん。羽月さんにコーヒーを淹れてあげてくれないかな」

奈々になにかを言おうとしていた赤芝は、「あ、はい」と少し残念そうな顔をした。

赤芝の後ろ姿を見送って、祈一郎は小声で囁いた。

「羽月さん。なにか見えた？」

「いいえ。なにも見えません」

即座に否定するので、むしろ、見えたことを表明していた。

「本当に？」

「はい。全然、なにも。ノープロブレムです」

赤芝が奈々のデスクにコーヒーを置きながら言った。

「猫、好きなの？」

「え？　ああ、はい。好きです」

「ひょっとして、猫と話ができるとか」

「あ、どうでしょう」

奈々は笑って首をかしげた。

「やっぱり」

赤芝は一人、興奮気味に立ち上がった。

「奈々ちゃん。この職場では隠さなくていいんだ。祈一郎さんも猫と話ができるんだから。そして、僕は……僕も実は人間以外のものと心を通わせることができるんだ」

赤芝は祈一郎へ向き直った。

「今まで隠していてすみません。僕はサボテンと会話ができるんです」

「馬鹿かおまえは」

潤がソファにひっくり返ってつぶやいた。リリアンが退屈そうにあくびをする。

「あ、そうなの。別に謝らなくていいよ」

「す、すごいですね。赤芝さん」

奈々も精一杯話を合わせる。

「くだらねえ話をしてないで、とっとと仕事しろよ」

「羽月さんには、まず、これの見積書を作ってもらおうかな」

祈一郎は『カフェ・ブラン』の図面を渡した。

「リリアンですか」奈々は図面を受け取りながら言った。

祈一郎と潤が同時に「えっ」と叫んだ。

「猫の名前です」

「猫がそう言ったんだね」

呆気に取られている祈一郎と潤をよそに、赤芝の興奮はマックスになった。

「ええ、まあ」

奈々は曖昧に笑ってパソコンに向かった。

潤は足を投げ出してソファに寝転がる。

「まいったね。よくよく変人の集まる事務所らしい」

リリアンが潤の腹に飛び乗って、「ニャア」とひと声鳴いた。

第二章　記憶《ドロワー》

1

「あーかーしーばー。おまえというやつは。なんだその服は」

潤の声が朝の事務所に響き渡った。いや、響き渡ったわけではない。毎朝恒例の大騒ぎが、よりいっそう大きくなったのだ。

例によって事務所の中と外は、ウィンドウ越しに繰り広げられる戦いの真っ最中だった。外ではホワイティが吠え立て、それを上回る声で葦田真知子が犬を叱っている。内側では美しい野獣と化したリリアンが外に向かって威嚇を続けていた。

そこへ出勤してきた赤芝に、潤が妙なテンションで文句を言い始めたのだ。

「潤、ちょっと黙ってくれないか」

祈一郎はこめかみを揉みながら言ったあと、はっとして赤芝を振り返った。

案の定、赤芝は怪訝《けげん》な顔で、リリアンと祈一郎とを見比べていた。

リリアンは潤の足元で毛を逆立て牙をむき出している。そのリリアン、つまり赤芝にとってのジュンに祈一郎が話しかけたと思ったのだ。

しかし潤が騒ぎ立てるのも無理はなかった。赤芝の服装は、かつて見たことのない気合いの入ったものなのだ。

「これが黙っていられるか。人を不安に陥れるようなことをしていいと思っているのか」

潤の言葉に反応しないように気をつけながら、動揺を隠して赤芝に言った。

「今日はずいぶんいつもとイメージが違うね」

「あ、わかりますか？」

「あたりまえだろう。気付かないやつがいるかよ」

「そのジャージージャケットが、うん、とてもいいよ」

「そうだよ。そのジャケットはいい。テーラードカラーでブルーグレー。初夏の通勤着にはぴったりだ。だが、なぜそれにボーダーのTシャツを合わせるんだ。いや、合わせてもいい。いいんだがおまえには似合わない。どうせショップの店員に勧められるままに買ったんだろう。だいたいイメチェンするならな、まずその髪とださい眼鏡をかえろよ。中途半端なんだ。むしろ昨日までのおたくルックが懐かしいよ」

「ありがとうございます」

潤の罵詈雑言に被せて赤芝が言った。

「なんかこう、気分を変えてみたくなりまして」

「そうなの？　すごく、その……に、似合ってるよ」

「やめろ。嘘を言うな祈一郎。みろ、赤芝が真に受けているじゃないか」

そこへ羽月奈々が出勤してきた。赤芝の顔面が朱に染まり、頭頂部からは湯気が見えるようだった。

「おはようございます」と奈々は祈一郎と赤芝に挨拶をした。

赤芝の上から下までを、さりげなく見たあと何事もなかったように仕事を始めた。

「わーははは。赤芝ー。残念だったな。羽月になにか言ってもらいたかったのか。ええ？　どうなんだ。がっかりだろう」

潤の高笑いが、ぱくっと音を立てて止んだ。

奈々が睨んでいた。

リリアンを抱き上げ、潤は「さてと」などと言いながら二階に上がっていった。

午前中はずっと赤芝の元気がなかった。潤も二階に上がったきり下りてこない。ひょっとするとそのままどこかに出かけたのかもしれない。

祈一郎は赤芝を慰めるタイミングをはかっていたが、なかなかそんなチャンスはやってこなかった。

午後になって赤芝が打ち合わせに出ると、気になっていたことを奈々に訊ねた。

「奈々ちゃんは潤が見えているんだよね」

奈々は、はっとして悲しそうな顔をした。

「すみません」

「いや、謝ることないよ」

祈一郎は慌てて手を顔の前で振った。それでも奈々は困り切ったようすだった。

「あの、私。クビでしょうか」

「そんなことないよ。どうしてそんな」

「私、今までこの能力のせいで、ずっと不幸だったんです」

「ええっ。そうなの？」

奈々は少し青ざめているものの、大きな目がキラキラと輝いている。小さくて赤い唇、触れれば壊れてしまいそうな華奢《きやしや》で繊細な雰囲気は、赤芝でなくとも心動かされるだろう。そんな奈々がずっと不幸だったとは。人は見かけによらないものだ。

「実は、石原デザイン事務所を円満退社したっていうのも嘘なんです。すみません」

頭を下げた奈々は、なかなか顔を上げなかった。

「奈々ちゃん。いやあ参ったな。いいからさ。どうして嘘をついたのか教えてよ。なんで石原さんのとこを辞めたの？」

奈々はようやく顔を上げた。涙でぐちゃぐちゃな上に、鼻水も垂れていた。それでも奈々の可愛らしさが損なわれていないのが、すごいなと祈一郎は感心した。

「辞めたんじゃないんです。クビになったんです」

奈々は涙と鼻水を拭いた。

「石原所長が私に無理強いを……」

祈一郎は絶句した。石原所長のぴかぴかと光った広い額と、金儲けの上手そうな福々しい顔を思い出していた。お金儲けが上手い人は色好みだと聞いたことがある。

「奈々ちゃんは拒否したんだね」

「はい。断ったらすごく怒ってクビにされました」

なんという卑劣な男だろう。何度か会ったことがあるが、そんな人には見えなかった。やはり人は見かけによらないものらしい。

「そんなところ辞めてよかったよ。奈々ちゃんがひどい目に遭う前に辞めたのは正解だ」

「え？」

「だから、石原さんに変なことをされる前に……」

「あのう、言われた仕事を断ったので辞めさせられたんです」

奈々は首を縮め、消え入りそうな声で言った。

「え？　だけど無理強いって」

「事故物件の除霊です」

奈々に霊能力があることを知ってから、石原所長は除霊サービス付きでリフォームをし、割り増し料金を取るのだという。除霊した物件は入居者がすぐに決まり、いままでのようにあっという間に退居してしまうこともなくなった。それでますます事故物件ばかりを扱うようになったのだそうだ。

「デザインの仕事もほとんどさせてもらえなくて、事務所の中で私は完全に浮いていました。昔からこの能力のせいで失恋したり、両親が離婚したり、本当に嫌なことばっかりだったんです。だから絶対秘密にしておこうと思ってたんですけど」

ちょっとした誤解もあったが、奈々の言いたいことは大体わかった。本人にしてみれば、いろいろと辛いことがあったのだろう。

「霊能力があるからっていう理由で解雇したりしないよ。安心して。ただ、赤芝くんはぜんぜん見えないんで、そのへんよろしく」

「はい。大丈夫です。赤芝さんには気付かれないように注意します」

奈々にようやく笑顔が戻った。

2

神田《かんだ》綾《あや》は愛車を運転して実家に向かっていた。母の家に来るのは何日ぶりだろう、と頭の中のカレンダーをめくった。十日ぶりか、いや二週間はたっている。もっと頻繁に来てやらなければと思うが、なかなか足が向かない。

実家は西区を流れる琴似発寒《ことにはっさむ》川のそばにある。上流から下流まで、河畔にはいくつも公園があり、秋には鮭が遡上《そじょう》もする。実家に行くためには、どうしてもこの川沿いの道を通らなければならない。否が応でも視界に入ってくる川は、今は夏草が繁り川面が見えない場所もある。

あの時も、川はこんなふうだったに違いない。だが、綾はまったく覚えていない。記憶からすっかり抜け落ちているのだ。あの日を境に綾の記憶は断片的で現実感がなかった。今もふと、長い夢を見ているのではないかと思うことがある。一人息子の優《ゆう》輝《き》がこの川に流され死んでしまってから、もうすぐ一年がたつというのに。

赤いシトロエンを実家の広い駐車場に停める。『神田医院』の看板は取り外したが、玄関の風除室には医院の名前と診療時間などが白い文字でまだ書かれたままである。

内科医の父が亡くなって五年になる。父の死は突然だった。脳出血で倒れ、そのまま亡くなってしまったのだ。心の準備をなに一つする暇もなく、母の聡子《さとこ》と綾はまともに悲しむこともできず呆然としていた。父の死をようやく受け止めることができると、深い悲しみに連日襲われた。特に聡子の悲しみようは尋常ではなかった。ちょうど綾が離婚をしたばかりの頃だった。聡子は元の夫とよりを戻してはどうか、という意味のことを言って綾をいらだたせた。

夫に頼って生きてきた聡子にとっては、一人で子供を育て仕事をする綾が心許なく思えたのだろう。娘はよりどころを失ったと思い込み、それも聡子の心には負担だったのだ。綾に夫がいてくれたなら、自分もその庇護の元で安心して暮らせるという展望を持っていたのかもしれない。

だが数年前からようやく、家を畳んで綾の家で一緒に暮らそうか、という話が具体的に進んでいたのだ。しかしそれも優輝の死によって頓挫していた。

駐車場のアスファルトの割れ目から、雑草が伸びていた。去年までは几帳面な聡子が、たとえ閉院していようとガラスを拭いたり、草を抜いたりしていた。夫の死に耐え抜いた精神力も孫の死では耐えきれなかったということか。聡子は人が変わったようになってしまった。なにもかも投げやりで、人にも会わずほとんど外出もしない。

正面から脇の道に入ると自宅部分の玄関がある。呼び鈴を押すが出てはこないだろう。出かけていることはまずないから、寝ているのかもしれない。

合い鍵を使って中に入る。ぷんと生ゴミの臭いがする。

「お母さん」

声をかけながらまっすぐに寝室に向かった。やはり聡子はベッドにもぐり込んでいた。

「また寝てたの？　ゴミぐらい出しなさいよ。それだって運動よ。ちょっとは動かなきゃ」

「ずっと寝てたわけじゃないわ。ちょっと前に横になったのよ。頭が痛いから」

「もう治った？」

「頭？　まだ少し痛いけどだいぶいいみたい」

聡子は起き上がって、お茶を淹れ始めた。やはり自分がちょくちょく来てやったほうが母のためにはいいのだ。

「あの話だけど。いいのよね。ここで一人で暮らしているより、一緒に住むっていうことで」

聡子は湯飲み茶碗を両手で包むようにしていたが、力が入って指先が白くなっていた。また涙をこらえているのだろう。

「そりゃあ、そうしたいけど」

そしてついに泣きはじめた。こうなると、駄々っ子のようにいつまでも泣いているのだ。

私だって忙しいのよ、とか、泣きたいのはこっちよ、という言葉が胸の中で渦巻いて、今にもこぼれ落ちそうだった。

「この家だって古いし、無駄に広いし、うちに来たほうがいいのよ。前はそうするって言ってたじゃないの」

そうしたくない理由はわかっている。綾の家に来れば、優輝が残したさまざまな物がそのまま置いてあるからだ。その遺品の数々を毎日目にするのは綾もつらいのだ。見れば優輝を思い出し、涙が乾く暇もない。家に一人でいれば、ほぼ泣いている。母とは違い、仕事があるおかげでなんとか日々を暮らしていくことができている。

優輝の遺品を目に付かないところに仕舞うことも考えたが、それはそれでどうしてもできなかった。

「とにかく、うちに来るってことでいいわね」

何度となくかわした会話だが、これで最後にするつもりで言った。すると聡子もそれを感じ取ったのか顔を上げ、涙を拭いて言った。

「耐えられないのよ。あなたが私をもっと罵《ののし》ってくれたら、まだましかもしれない。優輝の物があふれている家に住むなんて……耐えられない」

聡子が最後の言葉を絞り出すと、綾も耐えきれなくなって泣いてしまった。

夏休みだったあの日、「おばあちゃんの家に行きたい」と言う優輝のために、いつも来てくれるお手伝い兼、子守りを断った。

近所の小学生数人と遊んでいて、優輝のフリスビーが川に落ちてしまったのだそうだ。柵を越えて河原に下りることは禁止されているが、優輝があまり泣くものだから、小学五年生になる男の子が取りに下りた。他の子供たちは柵の手前で見守っていたのだが、みんなが五年生の男の子を注視している間に、優輝は柵をくぐり抜け河原に下りてしまった。

夏草は優輝の背丈ほどもあり、足元がよく見えないままに川に落ちてしまったらしい。それを知ったのは、男の子がフリスビーを拾って戻ってきた時だった。

優輝の姿が見えず、あたりを探したがどこにもいない。家にも帰っていないということで大騒ぎになった。パトカーが何台も来て、警察官だけでなく大勢の大人たちが声をからして優輝を探した。

結局、優輝は三時間後に百メートルほど下流で見つかった。

聡子は自分を責めた。優輝のためにおやつを作っていた。ホットケーキが焼けたら様子を見に行こうと思っていた。ほんの十五分ほどの時間だったのだ、と何度も繰り返し言っては泣いた。

聡子を一度も責めたことなどないし、責めるつもりもないが心の中ではいつも思っていた。

『おやつなんてどうでもいいから、なぜ一緒に行かなかったの』

優輝は運が悪かっただけだと思おうとした。だが、どうしてもそう考えることはできなかった。

優輝がフリスビーを落とさなかったら。その男の子が取りに行こうなどと思わなかったら。柵をくぐり抜ける優輝に誰かが気付いていたら。なにより聡子が優輝についっていたら。

て行っていたら……。

綾は無言で立ち上がった。何度こんなことを繰り返しただろう。

玄関のドアを開けると鋭い日差しが容赦なく綾を切りつけてくる。精神科医でありながら、聡子を救うことができない。いや、いまだに自分自身をすら、悲しみと失意の底から救い出せていない。夏草の生気に溢れた緑が、無力感に苛まれる綾を打ちのめした。

3

葦田夫人は麦わら帽子のつばに、ちょっと手をかけて頭を下げた。ついさっきホワイティの散歩から戻り、リリアンを巻き込んでのひと騒動を終えたばかりだ。「ホワイティ静かになさい」「ごめんなさいね。うるさくて」と歌うような真知子の声と、犬と猫の威嚇と恫喝が交錯していたが、広瀬時計店の時計台の鐘が町内に響き渡ると、それを合図にしたかのように静かになった。

真知子はホワイティを犬小屋に入れたあと、自分も一旦家に入り、しばらくして大きな帽子を被り、再び庭に出てきたのだった。

頭を下げながら、「どうも」とにこやかに祈一郎に挨拶をする。

祈一郎も、「おはようございます」と返した。

すると真知子は、「おはようございます」とまた頭を下げた。

「いいお天気ですね」

「ほんと、いいお天気ですね」

二人はその後も二度三度と頭を下げ合って、ようやく真知子は庭仕事に取りかかった。

「何回頭を下げれば気がすむんだ。おまえらは」

「葦田さんはすごく挨拶が丁寧なんだよ。僕が一回頭を下げると、三回くらいはお辞儀をするんだ」

「ふん。面倒くさい人だな」

潤はしどけなくソファに座っていた。戦いを終えたばかりのリリアンが、すぐそばで毛皮の手入れをしている。

潤の前には銀の把手が付いたマグカップが置いてある。深みのあるグリーンにブルーの濃淡で花が描かれた、ちょっと東洋的な味のあるカップだ。祈一郎が昨日デパートで買ってきたものだ。たまたまウェッジウッドの前を通った時に目に入ったのだ。

今朝、潤はそれに注がれたコーヒーの香りを楽しんでいた。潤のために買ってきた、と言うと照れくさいのか、「ふん。乙女かおまえは」と毒づきながらも嬉しそうだった。

事務所の中に漂っているコーヒーの香りを、毎朝嗅ぐのが楽しみだと聞いて、せめて専用のカップでと思ったのだ。

真知子は丸々とした背をこちらに向けて、庭仕事をしている。それを檻の中からホワイティがじっと見ていた。

「ツツジの代わりに、こういう花を植えるとはなあ」

祈一郎は見頃を迎えつつある草花を見て言った。

エゾムラサキツツジは葦田家の玄関アプローチの両側に植えてあった。春早く、花も緑もほとんどない時期に桜より先に開花する。その姿は紫色に燃える炎のようなみごとなものだった。それを今年の春、花が終わるとすぐにすべて抜いてしまった。今はデイジーやルピナスといった宿根草や、一年草のパンジー、ポピーなど色とりどりの花を植えている。

「なにを植えようが勝手だろう」

潤は眠そうな声だった。

「だけどさ、あのツツジはぜんぜん手がかからないんだよ。丈夫だし、たまに枝を整理してやれば毎年花を咲かせてくれるんだ。それなのに全部抜いて、あんなに手のかかる花を植えるなんて」

真知子が植えた一年草や多年草は、毎日の水やりはもとより、花が咲いたら花殻を取り、こまめに脇芽を整理してやらなければならない。

「だから、そのために植え替えたんだろう」

「ん？」

「わからないのか？　葦田さんは、ここのところ毎日花壇の手入れをして、おまえと毎日顔を合わせてるんだぞ」

「だからなんだよ」

「まーったく。わからんやつだな。葦田さんはおまえに会う口実を作るために、わざわざ手のかかる花を植えたんだよ」

「まさか」

祈一郎は笑った。

「おまえは昔から、年上とか気の強い女にもてるからな」

紗栄のことを思い出して、二人は一瞬言葉に詰まった。紗栄は決して気が強いわけではないのだが、なぜか潤はいつもそう言っていたのだ。

「そういえば言ってたよな。葦田さん」

潤が取り繕うように続ける。

「亡くなったご主人は、おまえに似てたって。そうかなるほど。それでだ。庭に出てくればおまえに会えるからな。『主人は旭ヶ丘の中井貴一って呼ばれてましたのよ』って、前に自慢してたよな」

潤はそれほど似てもいない声色で真知子の真似をした。

地主で、不動産会社の社長だった葦田幸之助《こうのすけ》はたいへんな「美男子」でこのあたりでは有名だったというのは聞いたことがある。写真を見せてもらったが、特に自分に似ているとは思わなかった。

「葦田さんはおまえに気があるのかもな」

「ええっ」

祈一郎は驚いて声を上げた。

「なにを驚いている。冗談の通じないやつだ」

「なんだ冗談か」

笑いながら、仕事に戻ろうと振り返ると、そこに赤芝が立っていた。

「ジュンとどんな冗談を言い合っていたんですか？」

口元が半分笑っているが、眼光は好奇心に満ちている。

「いや、ほんの独り言だよ。なんていうか、思い出し笑いだね」

祈一郎は笑ってごまかした。

「おい、赤芝。おまえにジュンって言われるとむかっ腹が立つんだ。猫の名前はリリアンだ。いい加減に覚えろ。羽月だってリリアンって呼んでるだろう」

潤は憤懣《ふんまん》やるかたないといった言葉を並べてはいるが、抱き上げたリリアンの長いしっぽをもてあそび、さほど腹を立てているようでもなく言った。

「今日は暑くなりそうですね」

そう言う赤芝はすでに汗をかいている。

今日の服は、いつもの赤芝らしいものに戻っていた。気合いを入れてイメチェンしたが、奈々がまったく興味を示さないのでやめてしまったようだ。

潤はいつものように、赤芝のチェックのシャツを馬鹿にしていたが、ふいに口をつぐんだ。

「なんだ赤芝。おまえのトレードマークはどうしたんだ。あの超絶に趣味の悪い野菜Tシャツは」

そう言われてみれば、赤と緑のチェックのシャツの下には、ごく無難なグレーのTシャツを着ている。

「そんな普通のTシャツじゃつまらんだろう。お前自身がつまらないやつなんだから、Tシャツくらい人と違うものにしたらどうなんだ」

なるほど、と祈一郎は納得した。実は赤芝のTシャツをもっとも好意的に見ていたのは潤だったのではないだろうか。悪口を言うという行為の裏で、潤はあの個性的なTシャツを愛《め》でていたのだ。

不満そうに文句を言いながら、潤はリリアンを抱いて二階に上がっていった。

羽月奈々も出勤してきて、『クサバ企画』の一日がスタートした。

祈一郎は界川の家の内装を手がけている。なかなか難しい注文なので、この数日はこれにかかり切りだった。

赤芝はこれから開業する『カフェ・ブラン』のプランを練っている。こちらもいろいろと厄介なようだが、奈々が手伝うことになっている。

ずいぶん集中していたのだろう、赤芝に声をかけられてようやく、昼の休憩時間になっていることに気が付いた。

「お弁当買いに行くんですけど、どうします？」

「じゃあ、頼むよ」

祈一郎はいつもの幕の内弁当を頼んだ。現場に出ていたり、打ち合わせで出かけることが多いが、事務所にいる時は赤芝に『ななかまど』の手作り弁当を頼むことにしている。奈々は自分で作った弁当か、出勤途中にパンなどを買ってくる。

赤芝は弁当を買って戻って来るなり、「祈一郎さん、これ見てください」と手に持っている雑誌を掲げた。

『花とインテリア』の八月号だった。

「『ななかまど』のご主人が教えてくれたんです。うちが雑誌に載ってるって。それで帰りにコンビニで手に入れてきました」

赤芝はそのページを開いて見せてくれた。『自慢のお部屋』という読者の投稿コーナーだ。見覚えのある河上邸の寝室だった。小さな写真で見るとよけいに、壁紙の白い模様は花のように見える。久美子が投稿したものらしく、ひどい不眠症だった夫が寝室を改装したおかげで眠れるようになった、と少々大げさに書いている。

「また依頼者が増えるかもしれませんね」

『クサバ企画』の名前を出しているので、たしかに依頼者が増えるかもしれない。

「困るな。たまたまなんだけどな」

『ななかまど』のご主人はよくこのコーナーを見つけたな、と感心しながら言った。

「祈一郎さんはそうやって謙遜しますけど、これまで何人もの人の問題を解消してますからね。それに不眠症じゃなくても、こんな部屋で眠ってみたいって思いますよ」

赤芝は祈一郎のデスクに弁当を置いた。広げている書類を見たのだろう、これで何度目かの同じ質問をする。

「神田綾って、どうですか？　テレビに出ているまんまですか？」

夜中にやっている、『土曜日の心模様』という番組を赤芝は毎週観ているのだそうだ。神田綾が毎回、視聴者から寄せられた悩みに対して、アドバイスをしたり本や映画などを勧めたりする番組だ。綾の美貌も手伝ってかなりの人気番組らしい。赤芝は神田綾の著書の愛読者でもあるらしく、『自分らしさへの7つのレッスン』とか『優しいあなたが陥る罠』などという本が机の上にあるのを見たことがある。

「僕は番組を観てないけどいい人だよ」と祈一郎は、やはり毎回同じように答える。

「どんなふうにいい人なんですか？　図面を見る限りではすごい豪邸ですよね。ここに一人で住んでいるんですか？」

赤芝は下のほうに隠れていたパースまで引っ張り出した。

「へえ、リビングが広いなあ。グランドピアノがあるんだ。この部屋はなんだろう。

こっちが寝室ですか?」

「赤芝くん。神田さんの家に行ってみたいの?」

祈一郎が訊くと赤芝は、「ええ、まあ」と頭を掻いた。気の毒だがこんなに好奇心丸出しのスタッフを連れて行くわけにはいかない。

「手伝ってもらいたいことがあったらお願いするけど、たぶんないと思うよ」

「でも、この何日かはずっとこれにかかりっきりじゃないですか。『どうしよう』とか『困ったな』とか時々言ってますよ。ジュンがいないのに独り言を言うのを初めて見ました」

「私もちょっと心配でした。すごく難しい仕事なんですね。無茶なこと言ってくるんですか?」

奈々も心配顔だ。

無茶と言えば無茶だが、神田綾の事情を知ると、なんとかそれに応えたいと思う。

「無茶というか、これまでにない要望なんでね。有名な精神科医だし普通の人と感覚がちょっと違うのかもしれない」

赤芝も奈々も納得しかねるという顔だったが、弁当を広げると、二人ともすっかり忘れて食べることに没頭している。

祈一郎は、きれいな焼き目のついたチキンの照り焼きを、箸でつまみ上げた。

『ないけれど、いつもそこにある』

難しすぎる。

赤芝と奈々がこちらを見ている。また声に出てしまったようだ。

4

神田綾の家は界川にある。界川は藻岩山《もいわやま》の裾野に広がる住宅地で、ごみごみした市街を見下ろすような位置にある。

祈一郎は長い坂をゆっくりと登っていた。真夏の太陽がじりじりと照りつけるが、風が涼しいので汗をかくほどではない。

立ち止まって目の前の藻岩山を見上げる。濃い緑に包まれた山は標高が五百三十一メートル。ロープウェイがあり、車でも行けるとあって手軽な観光地だ。展望台からは市街を一望できるし、石狩湾も見える。夜景でも人気のスポットらしい。らしいというのは、祈一郎は一度もその美しいと評判の夜景を見たことがないからだ。

藻岩山の山頂に立つ時はいつも昼間だった。もう何年も登っていないが、シーズンの初めなどに足慣らしでよく登ったものだ。

再び歩き始め、建ち並ぶ豪邸を一軒一軒見ていく。どの家も高い塀に囲まれ、どんな生活をしているのかまったくうかがい知れない。道を歩く人も皆無である。

今日が二度目の打ち合わせだった。前回は車で来たのだが、豪華な家や庭をじっくりと見たくて今回は徒歩にした。ちょっと見ない形のカーポートや、北欧風のエントランスなどは大いに参考になった。

神田綾の家はそんな豪邸の中でも一際大きな、白亜の豪邸と呼ぶに相応しい家だった。土地も広く車二台が余裕で入る車庫の他に、数台が駐められる広い駐車場もある。

呼び鈴を押すとインターフォンには綾が出た。先日は中年のお手伝いさんが案内してくれたのだ。彼女は、「数ヵ月か早い人では数日でクビになるの。私もそろそろだわ」と言っていたが、クビになったのかもしれない。

綾は綿ニットの鮮やかなブルーのワンピースを着ていた。体の線がはっきり出ているし、胸元や腕の白さがまぶしい。

「どうぞ」と綾は営業用の微笑みで迎え入れてくれた。

初めて家の中に入った時は度肝を抜かれ、口が半開きになっていたことにもしばらく気が付かなかったくらいだが、二度目の今日も、やはり少しのあいだ半開きになってしまった。

仕事仲間や友人を呼ぶことが多いという広いリビング。そこには窓際にグランドピアノが置いてあり、友人たちとシャンソンを歌ったりするらしい。リビングの吹き抜けからはゲスト用の寝室などがある二階が見える。セレブな生活が垣間見える豪華さだ。

その一方で、小学生の息子と二人で暮らす家という面も大切にしている。子供部屋が一階にあり、ダイニングを挟んでリビングと反対側にある。子供部屋の隣は綾の寝室になっていて、ここがごくプライベートな一角といえる。

今回はこの一角に、実母の聡子が暮らす部屋を増築するのだ。綾が離婚し、この家を建てたときはまだ父親は健在だった。両親はあと何十年も長生きをして、二人で暮らしていくものと思っていた。父が仕事をリタイアしたあとは山の手の医院併用住宅を売り、介護付き有料老人ホームに二人揃って入る、というのが神田家の計画だった。

しかし父親の早すぎる死によって、生活設計を初めから見直さなければならなくなった。夫の突然の死にショックを受けた聡子がようやく立ち直り、娘や孫と一緒に暮らすことに前向きになった矢先、またしても神田家は不幸に見舞われた。たった一人の孫、優輝が水の事故で死んでしまったのだ。

聡子の精神状態はきわめて不安定になり、一日も早く綾と同居すべきなのだが問題は優輝の遺品だった。

綾自身も優輝が残していった物の数々を見ると、一つ一つの物に染みついた愛おしい記憶が甦ってきて、いまだにほぼ毎日泣いているという。

優輝の部屋に案内してくれた綾は、その時も涙を流していた。ハンカチで目を押さえ、時々鼻をすすり上げている。

ダイニングからすぐの子供部屋は、普段の生活の中でどうやっても目に入る。子供部屋がいつでも目に入るように、という施主の要望に応えて設計者はそのように設計したのだろう。

「いつかは処分しなきゃならないことはわかっています。でも、今ではない……」

綾はハンカチを口に押し当てたまま自嘲するように笑った。

「それじゃあ、いつなんだってことですよね。処分できる日は来ないのよね」

学習机。電気スタンド。ペンケース。鉛筆削り。本棚。船の図柄のラグ。ランドセル。洋服掛けに掛かった衣類や帽子。世界地図。カレンダー。時間割表。目覚まし時計。サッカーボール。自動車のおもちゃ。犬のぬいぐるみ。ベッドの上には洋服が脱ぎ捨てられてあり、今にも優輝が帰ってきそうだ。

綾は学習机に手を置いて、いとおしむように撫でた。

「母も同じなんですよ。優輝が死んでからこの家に来たのは一回だけ。それも玄関にある優輝の自転車を見たとたんに錯乱しちゃって」

倒れそうになった聡子を抱えるようにして家に入り、ダイニングのカウチに座らせると、今度は優輝の部屋のドアがすぐそこにある。ドアは閉めてあるにもかかわらず、聡子は半狂乱になって泣き叫んだ。

実は綾もそうだった。ドアは普段、閉めてあるのだが今にもそこから優輝が元気よく出て来そうで、日に何度となく涙ぐんでしまうのだ。

そんな神田家の事情を話し、綾は言った。

「ないけれど、いつもそこにあって。あるけれど普段は見えない。そんなふうに優輝の物を収納したいんです」

「優輝くんの持ち物を全部なんですね」

「はい。全部です」

紙くず一つも捨てたくはないという。優輝の存在をいつも感じていられるが、意識することがないようにして欲しい、というきわめて難しい注文だった。

祈一郎は頭を抱えて悩み、なんとかひねり出した案を携えて来たのだった。

打ち合わせは、前回と同じくリビングのグランドピアノの横で行なわれた。畳二枚分ほどもある大きな大理石のテーブルと、それを取り囲むベッドほどもある黒革のソファはやはり落ち着かない。

広げた図面に綾が身を乗り出してのぞき込む。襟ぐりの大きなワンピースを着ているため、目のやり場に困ってしまう。

胸元を見ないようにあらぬ方を見ていると、潤の姿が目に入った。グランドピアノに右肘を預けて立っている。豪華なリビングで写真撮影会でもしているような雰囲気だった。

しかしここに潤がいるということは隣に、たぶん亡くなった優輝がいるのだろう。下ろした左手がなにかを握っているようなので、そこに優輝がいて手を繋いでいるのかもしれない。

潤の手を伝って水滴が床に落ちている。

たしかにそれが見えるのだが床は乾いたままだ。水滴は落ちた瞬間に消えてなくなるのだった。

潤は祈一郎と目が合うと、手を上げて合図を送ってきた。祈一郎も目で応える。

「ここに収納用の戸棚を作るということですか？」

綾はさらに近づいて屈み込んだ。祈一郎はドギマギして、「あ、えーっと。そうです。はい」と答えながら自分でも顔が赤くなっているのがわかった。潤が小馬鹿にしたように笑っている。

「幸いこちらのお宅のリビングは広いですから。ここに」とピアノと反対側の壁面を指さした。

「ここに、かなりの大きさになりますが収納スペースを設けます。奥にベッドを横向きに立てて置きます」

祈一郎は収納庫の中のイラストを広げて見せた。ベッドや学習机がコンパクトに、そして見栄えよく収納されている。衣類の入っていた小さなタンスはそのままで、横にハンガーラックを置き、ランドセルや帽子やジャケットが掛けられていた。それはまるでショーウィンドウに飾られた子供部屋のようだった。天井まである上部の棚にはスキー、自転車、赤ん坊の時に使っていたベビーベッドやベビーカー、カラフルな滑り台まであった。

これらはすべて前回の打ち合わせの時に見せてもらったものだ。祈一郎はその膨大な量の物たちを写真に撮りリストにした。そして一点一点の置き場所、収納場所を吟味したのだ。

彩色され、優輝の持ち物を忠実に再現したイラストは、祈一郎から見ても、文字通り自画自賛ではあるがなかなかの出来だった。扉を閉じれば、木目を生かした個性的な壁となる。そのイラストも綾はじっくりと見ていた。

しかし綾の眉間には皺が刻まれている。美しい人はどんな表情をしていても美しいが、美しいが故に凄みがある。

「あの」

沈黙に耐えきれなくなって祈一郎が口を開くと同時に、綾は鋭い口調で言った。

「これではだめだわ」

思いがけず厳しい言葉だった。指摘されれば意に沿うように直す心積もりではあったが、そもそもこの案が気に入らないらしい。

「この収納自体はとても素敵だけど、優輝がここに押し込められているみたい」

そう言いながら綾はもう涙ぐんでいた。

「優輝がいなくなって、まだたったの一年だけど、母をこの家に迎えなきゃならないんです。もう一人にしてはおけないから。患者さんには、何年でも気持ちの整理がつくまではそのままでいいんですよ、なんて言ってきたけどそんなこと言ってられないのよ。それになにより私が辛すぎる」

ハンカチで顔を覆って綾は嗚咽《おえつ》していた。必死に声を殺しているようだった。一人ならきっと声を上げて泣くのだろう。

思う存分泣かせてやりたい。だが、そこから一歩先に進みたいというのが今の綾の望みなのだ。

祈一郎は綾が泣き止むのを辛抱強く待った。家の中は静かだった。ホールクロックの時を刻む音が広いリビングに響いていた。

長い時間がたった。綾は顔を上げ、「ごめんなさい」と微笑んだ。もう大丈夫、というように肩で大きく息をした。

「優輝の物は一日でも早く処分したいけれど、捨てたくはないの。そして思い出は大切に取っておきたい。わかってもらえるかしら?」

「はあ」

まったくわからないが、そんなことを言えるはずもない。

ひょっとするとこの仕事は断ることになるかもしれない。できるだけ早く母親をここに住まわせたいという綾の言葉を聞きながら、そんなことを思った。

5

「ゆ、優輝くん？」

びしょ濡れの男の子はこっくりとうなずいた。

「えーっと。大丈夫……なのかな。びしょびしょだけど」

優輝はごぼごぼという音とともに「だいじょうぶ」と言った。小学一年生にしては背が高い。手足は細く長く、胴体も頼りないほどに細身だった。だがどんな顔をして
いるのかは、はっきりとはわからない。水のエフェクトが絶えず優輝の体を取り巻い
ていて、時には小さな体をなぶるように奔流となってほとばしっているからだ。

「ここが僕の家《うち》」

白亜の豪邸の前で優輝は誇らしげに胸を張った。

「お母さんと二人で住んでるの。住んでたの」

言い直すところが、なんだか胸を締め付けられる。

優輝は潤の手を取って中に入ろうとする。小さな手はやはり濡れていた。びちょっ
とした感触で背中がぞくりとする。

「入ってよ。僕の部屋見せてあげる」

手を引かれ家の中に入る。広い玄関ホールには大きな観葉植物と自転車が置いてあり、吹き抜けになっていて明るく開放的だった。

「これ、僕の自転車」

うれしそうにサドルをトントンと叩いた。黒と赤の車体が大人っぽい。自慢したくなるのもわかる気がした。

優輝の部屋はダイニングルームを通り抜けたところにあった。ダイニングルームといっても、一般家庭のリビングダイニングほど広い。大きなダイニングテーブルの他にテレビやカウチや書棚もある。背表紙からは、ここで綾が仕事をし、時には優輝も宿題をしていたことがわかる。

優輝は自分の部屋のクローゼットを開け、おもちゃ箱を引っ張り出した。中にはレゴブロックやラジコンや怪獣のフィギュアが入っている。

「ね、これで遊ぶ?」

優輝はおもちゃ箱の奥にあった箱を出してきた。ピカチュウクレーンゲームと書いてある。ゲームセンターでよく見るクレーンゲームだが、テーブルに載るくらいの大きさで、中にはポケットモンスターの小さなぬいぐるみがたくさん入っている。

「これね、俺、得意なんだ」

俺、と自分のことを言い、悪ぶった言い方をした。そしておもちゃのコインを投入し、クレーンを操作し始めた。赤いプラスチックのクレーンは、小さなぬいぐるみが積まれている山に向かって進む。

優輝の顔は真剣だ。水のベールを通していてもそれはわかる。

「やったー。リザードン、ゲットだぜー」

恐竜のような黄色いぬいぐるみを手で高々と持ち上げる。久々に友だちと遊べるのが相当に嬉しいようだ。甲高い声は、やはり水音と混じり合って不明瞭だ。だが、そのキンキン声は充分に潤の頭の芯に響いた。思わず顔をしかめた。

優輝はそんな潤のようすに少しも頓着せずに上機嫌で、「つぎ、いいよ」とゲーム機をこちらに向けた。

「いや、やめておくよ」と潤は言った。こちらが実際に濡れるわけではないが、優輝が触った物はみんなびしょびしょだ。それにこんな子供の遊びに付き合いたくはない。潤はなにかやるべきことがあって優輝に呼ばれたはずなのだが、優輝自身、潤を呼んだという自覚はないようだ。

やめておく、という潤の言葉を、優輝は驚いて聞き返した。こんな面白いゲームをやらないなんて言うはずがない。自分の聞き間違いだと思ったらしい。「いいよ」と繰り返して、びしょびしょのコインを潤の手に握らせた。

深いため息をついて、仕方なくコインを入れクレーンを動かした。ピンク色のネズミみたいなものをキャッチした。

「あ、これレアなんだよ」

レアもなにも、そこに見えていたものじゃないか、と心の中で文句を言う。

ピンクのネズミは運ばれる途中で落下してしまった。

「あー残念。だけど練習すれば俺みたいにうまくなるよ」

「そうですか。はいはい」

少々イラついたが子供相手に本気になどなるものか、と嫌々ではあるがしばらく付き合うことにした。しかし、そのあとゲームは小一時間も続いたのだった。

「お客さんが来ている時はリビングに行っちゃいけないんだ。でもこっそり連れて行ってあげるよ」

優輝はとっておきの秘密を打ち明けるように言った。ダイニングルームを通り抜け、広いリビングに入る。吹き抜けがある明るい部屋だ。ベッドみたいな大きなソファで祈一郎と神田綾が話をしている。

潤と優輝はグランドピアノの陰からそれを見守った。祈一郎が気づいて、目で合図を送ってくるので右手をちょっとだけ上げて返事をする。

「お母さんね、僕のために家を改装するんだ」

潤は驚いて目を見開いた。大人びた言い方だった。魂となった素の優輝に触れた気がした。大人でもなく子供でもなく、男も女もなく、ただ一つの魂がそこにあるように思った。優輝は、深い洞察力を持った魂だった。

「優輝くんのために、どんなふうに改装するの？」

「僕が大きくなって中学生になったら……」

潤が思わず優輝の顔を覗き込んだので、自分でもおかしなことを言ったと気づいたようだ。

「あれ、僕死んじゃってるんだよね」

再び無邪気な子供に戻っていた。可哀想だが中学生にはなれない。潤は心の中で言って、優輝のびしょびしょの小さな手を握り締めた。

「僕ね、えーっと。お母さんとおばあちゃんが……」

そこで優輝は言いよどんだ。

「お母さんとおばあちゃんが？」

「なんだっけ。忘れちゃった」

あはは、と笑う声がごぼごぼという音に重なり合う。

「そうだ。おばあちゃんの家に行こう」

優輝はまた潤の手を引っ張って家の外に走り出た。

「ちょっと待った。おばあちゃんの家って、どこなんだ？　遠いんじゃないのか？」

「遠いよ。電車では行けないの。バスで行かなきゃ。でも、すぐなんだ」

遠いのかすぐなのか、どっちなんだと言おうとした。だが、言葉を失った。まわりの景色が変わっているのだ。界川にいたはずなのに、緑の多い住宅地に立っていた。

遠いと思えば遠いし、近いと思えば近い。また一つ優輝に教えられた。柔軟な発想が距離や時間を自在に伸縮させる。魂となった我々にはそれができるのだ。

「僕、そこで溺れたんだよ」

今も溺れつづけているような、そんな声だった。

「優輝くん。今は苦しくないの？」

「んー」

首をかしげて考えているということは、苦しくないのだろう。優輝は、両側から夏草が覆い被さりほとんど見えなくなっている川面をのぞき込んでいる。

すると柵に沿っていきなり走り出し、柵をくぐろうとした。その速さといったら、まったく止める暇もなかった。

「優輝くん。危ないじゃないか」

そう言って腕を引いて立たせる。万が一、優輝が足をすべらして川に落ちたとして、彼はまた溺れるのだろうか。

潤に取り押さえられながら、優輝はなおも川のほうへ身を乗り出そうとした。落ち着きのなさに辟易したが、手を離すわけにもいかず名前を呼び続けた。

「どうしたんだ優輝くん」

「あのね。僕がすべった場所、あそこだよ。ほら、こんなこんな草が生えてるでしょう？　あそこ」

優輝は大きな身振りで草の葉の形を教えたが、どの草なのかまったくわからない。

「ああ、あそこか。ふーん」

適当に相づちを打った。

「ほら、見えるでしょう。あそこが急に低くなってるの。それで僕、転んじゃってそのまま川に落ちたんだよ」

うんうん、とうなずいて柵から優輝を引きはがす。

「ちゃんと見えてる？　あそこだよ」

非常に面倒くさい。ふいに自分が小学校の教師になろうとしていたことを思い出した。優輝のように絶えず動き回る子供たちと毎日顔を合わせ、一日を過ごすなどと考えるだけでげんなりする。だが、生きていた時もそれを考えたはずだ。それでも教師になろうとしていたのだから、生前は子供が好きだったということだろうか。

だんだんと記憶が曖昧になっていく。生きていた頃の記憶は、霧の中の出来事のようにぼんやりと霞んで、思い出すことも間遠になってきている。

潤は自分が教師になろうと思ったそもそものきっかけを、思い出そうとして宙を見つめた。

「もう、ちゃんと見た？　僕のすべったとこ」

「ああ、見た見た」

つかみかけていた記憶のしっぽはどこかに逃げて行った。

「じゃあ、おばあちゃんの家に行こう。ここからすぐだよ」

またしても潤の手を取ってバタバタと走り出す。そして本当にすぐに優輝の祖母の家に着いた。

「おばあちゃーん」

声を張り上げながら、あちらの部屋こちらの部屋とドアを開けて祖母をさがしまわる。

寝室で寝ている祖母を見つけると、優輝はベッドに飛び乗った。猫のように頭を祖母の肩先にこすりつけた。

聡子は、はっとして起き上がりあたりを見回した。そして両手で顔を覆い、さめざめと泣き出した。

たぶん、この一瞬で優輝の夢を見たのだろう。その夢が過去の幸福な思い出であっても、孫を亡くした日の辛い出来事であっても、このように泣かずにはいられないのだ。

聡子の嗚咽と涙が両手から溢れると、優輝を取り巻いていた水が嵩《かさ》を増した。優輝は増えた水も祖母の涙も気にするふうでもなく、友だちができてクレーンゲームをしたのだと報告している。

ひとしきり泣くと聡子は、のろのろとベッドから出た。驚いたことに寝間着ではなく普段着を着ていた。白い半袖のブラウスに、細かいブルーの花柄のロングスカートだった。どちらも当然のことながらしわが寄り薄汚れていた。聡子の上品そうな見た目には、ひどくそぐわないものだった。

聡子は居間のサイドボードの扉を開け、写真立てを取り出した。優輝が生きていた頃は、きっと見えるところに飾ってあったのだろう。

優輝と聡子がカメラに向かって笑いかけている。優輝は綾によく似ていた。大きな黒目がちの目は利発そうで、なめらかな頰や小さくて赤い唇は女の子のように可愛らしい。聡子と二人で頰を寄せ合い、幸福に満ちた輝くような笑顔だった。もし綾が心から笑うことがあればこんなふうに笑うのだろう。

写真を撮った場所はこの部屋だ。ソファに並んで座っている。シャッターを切ったのは綾なのだろう。今はごちゃごちゃと雑多な物が置かれている部屋も、写真の中ではすっきりと片付いている。

聡子は写真立てを胸に抱き、がっくりと膝をついた。そして床に伏せ声を上げて泣いた。その声はいつ果てるともなく続いた。

6

登山口から歩き始めるとすぐに、道は白樺林がつづく樹林帯となった。最初は緩やかな坂道も次第に傾斜がきつくなり、息が切れてきた。

白樺の白い幹と繁る緑の葉。きらめく木漏れ日。耳には葉ずれの音と小鳥のさえずりが聞こえる。

祈一郎は大きく息を吸って呼吸を整え、青い空を見上げた。神田綾から出された難問は、いまだに解けないままである。あと数日考えてもいい案が思い付かなければ、断ることになるだろう。

綾は母親の具合が良くないので家の改装を急いでいる。祈一郎もその要望に応えたい、と焦る気持ちのせいなのだろうか、少しもアイディアが浮かばないのだ。

こんなことは初めてだった。綾の要求が難しすぎる、ということもある。だが、これまでもいろいろな難題を出され、そのたびになんとか解決してきた。アイディアは何通りも思い浮かび、クライアントはその中からもっとも自分の希望に近いものを選んだ。最初からクライアントの希望に百パーセント合致するものは多くはない。選んでくれたアイディアをクライアントと一緒に、より理想に近いものに仕上げていく作業を、これまで何度となくやってきた。

しかし今回は、アイディアそのものが浮かばない。事務所で考えていても、この行き詰まりは解消されそうにないので、昔、よく登った塩谷《しおや》丸山《まるやま》にやってきたのだ。

札幌駅からＪＲで小樽方面に向かい、小樽駅から一つ先に塩谷駅がある。三角の小屋根が愛らしい無人駅だ。駅のベンチには手作りの座布団が置いてあり、懐かしいという思いがこみ上げてくる。

塩谷丸山には赤芝紗栄と二人でよく登った。だからこの駅も幾度となく利用した。駅に降り立てば、自然に紗栄のことが思い起こされるほどに、ここから塩谷丸山までの道のりは二人の思い出の場所だ。

紗栄が失踪したあと、祈一郎は山登りをやめてしまった。靴やリュックはクローゼットの奥深くに仕舞われ、山の写真も地図も目に触れない場所に片付けられた。

それなのに十年ぶりに山に登ろうと思ったのはアイディアを綾に一蹴され、珍しく自信を喪失していたからなのか。あるいは綾の家に行く途中、藻岩山を間近で見たからなのだろうか。

だが、塩谷駅で紗栄のことを思い出し、やはり一番の理由は久しぶりに紗栄の消息を聞いたからではないか、と思い直した。

そう思ってみると、あまり変わらない町の景色や草深い登山道や、見覚えのある木や岩、いたるところに紗栄との思い出が刻まれていた。

もう少しで白樺林を抜けるという場所で、オオウバユリの花を見つけた。カラマツの陰に身を潜めるように咲いている。大きいものなら人の背丈ほどになるというが、これはもう少し小さめだった。細長いラッパ状の花は緑がかった上品なクリーム色で、山野で出会うと、はっとするほどに美しい。

祈一郎はオオウバユリの花をカメラに収めて顔を上げた。すると白樺の木に寄りかかり、こちらを見ている潤と目が合った。

その姿を見て、思わず吹き出した。

「なんだよ。来てたのか」

笑いが止まらない。

この山の中にいても、まるでポーズをとるように両手をポケットに突っ込んでいる。

「ああ、おまえが山登りの支度をしてたんでな。たぶんここだろうと思ってさ。俺も久しぶりに登ってみたくなったから」

「それはいいけれど」

祈一郎は笑いをこらえながら言った。

「山に登る時はそれなりの格好をしろよ。黒のスーツじゃ気分が出ないだろう」

潤は自分の姿を見下ろして、不満そうに鼻を鳴らした。

「なんだっていいだろう。だれが見ているわけでもないからな」

「僕はなんだか変な気分だよ。山登りをしている気がしない」

並んで歩いていても笑いがこみ上げてくる。

「これからは赤芝くんにも少し寛容になれるんだろうな」

「それとこれとは別だ。あいつのセンスのなさと一緒にしないでくれ。俺の場合は仕方なくだ」

白樺林を抜けると、左右から背丈ほどもある熊笹が覆い被さってくる。標高六百二十九メートルの低山とはいえ、久々の山行であるからけっこう息が切れる。

潤の場違いなスーツ姿が視界に入るたびに、祈一郎は笑わずにはいられない。

熊笹の道の先は開けた草原だった。丸いフォルムの山頂が見えている。日なたに可憐なヨツバヒヨドリが咲いていた。カメラを構えていると、少し先を歩いていた潤が戻ってきた。

「なにを撮ってる？」

「ヨツバヒヨドリだ」

「どこにいる」

潤は身を屈め小声で訊いた。

「いや、花だよ。ほら、そこの薄紫の」

ヨツバヒヨドリはその名の通り、四枚の葉が同じ場所に向き合ってついている。茎の先にはいかにも野草らしい沈んだ色合いの小さな花が密集して咲き、先端からはたくさんの糸のような雌蕊《めしべ》が突き出していて、全体に霞がかかったように見える。

「なんだ花かよ。紛らわしい名前だな。なんだって鳥の名前なんかつけたんだ」

「ヒヨドリが鳴く頃に咲くからなんだ」

潤は、「地味な花だ」などと言い捨てて、さっさと行ってしまった。

カメラをザックに仕舞い、立ち上がる。

あの日も今日のような快晴だった。

『ヒヨドリが鳴く頃に咲くからなんだ』

『安易な名付けかたね』

紗栄は笑ってそう言った。そしてくるりと来た道を振り返り、『あー』とため息ともつかない声を上げた。

つられて祈一郎も景色を眺める。海の青さと空の青さが水平線で溶け合っている。空は抜けるような煌めく青で、海は深く透徹した青だった。積丹《しゃこたん》のほうに目を転じると、ブルーの紗をかけたような断崖がいくつも重なり合って海に突き出ていた。

二人は言葉を忘れてその景色をいつまでも見ていたものだった。

空も海も山もあの日となにも変わっていないのに、紗栄だけがいない。強烈な寂しさに襲われて、祈一郎はそこから動けなくなった。

紗栄と出会ったのは、大学で建築学を学び始めた頃だ。北海道近代美術館に『佐伯祐三展』を見に行った時のことだった。大通公園の西側にあり、ごみごみとしたビル街の中にある緑のオアシスだ。美術館の前庭に足を踏み入れると、不思議と街の喧騒が遠のくのだ。

祈一郎は池の中の、『風の対話（一対）』を眺めていた。白い帆のような一対のオブジェが風によって変則的に動く様子が、まるで対話しているように見える。

その日は五月の風が、ごく柔らかく吹いていた。時折、一方が動いて囁きかければ、向き合ったもう一方がやはり囁き声で答える。木漏れ日の降り注ぐ庭で交わされる会話は、ついいましがた祈一郎が母と交わしていた会話のようだった。

「学校はどう？」

母は胃癌の治療中だった。ベッドに横たわる母は少し痩せたが元気そうだった。術後の経過も良好で、退院の日が決まるのを家族中で心待ちにしていたのだ。

しっかり者の母は家族の中心だった。母が癌になって最もうろたえたのは父だ。母が留守中の注意事項を説明しているあいだも、父はただおろおろとして泣き言を言うばかりだった。

「先生は名医なんだから大丈夫よ。それよりあなた。私がいないからって甘い物を食べ過ぎないように。祈一郎もよ。いいわね。それからリリアンのお水は毎日替えてあげてよ。トイレの掃除も忘れないように。リリアンの好きな猫缶はわかっているわね。それとカニかまを買っておくのを忘れないで。それから……」

父の代わりにメモを取りながら、母は間違いなく元気になって帰ってくると祈一郎は信じていた。

それでも見舞いに行くと、やはり病院という場所のせいで母の声は力がなく、祈一郎も囁くような声で言葉少なな会話をほんの少しするだけだった。

「学校はどう？」

「うん。まあまあだよ」

「そう。よかった」

「うん」

話の内容は薄くても、母は祈一郎の顔を見たことで安心したようだ。

母が入院してからは、小さな子供に戻ったような、心細さや切なさがいつも胸の中にあった。痩せてしまった母と話をしていると、その気持ちがますます強くなっていく。

だから『風の対話（一対）』を見た時に、母と交わした会話を思い出してもの悲しくなったのだった。

「どんな話をしてるのかしらね」

突然後ろから声をかけられて、驚いて振り返った。それが赤芝紗栄だった。大学に入学したばかりの頃に、コンパの人数合わせで無理やり参加させられた時に、紗栄も参加していたのだ。あれから優に一年はたっている。それで祈一郎は紗栄のことを、どこかで見たことがある、という程度にしか思い出せなかった。

「草葉くんだよね。私のこと覚えてないんだ。傷つくなあ」

「いや、覚えているよ」

祈一郎は赤くなって弁明した。

「私って、そんなに印象薄い？」

決してそんなことはない。コンパの時よりも、たぶんずっと大人っぽく、きれいになっているのですぐにわからなかったのだ。そう説明したいが、うまく言える自信がない。

紗栄はストレートの黒髪を肩まで伸ばしていた。化粧が薄く、目がキラキラした知的な美人だった。

紗栄と潤は同じ大学だった。潤は小学校の教員を、紗栄は美術教師を目指していた。潤はイケメンなのに、特定の女子と付き合わないということで、学内ではちょっとした有名人だったらしい。たくさんの女子学生が玉砕し涙を呑んだ、という話を紗栄からあとで聞いた。

紗栄の友人も潤に片思いをしていた。それで、なんとかして潤に近づこうと発案したコンパだった。しかし男子の人数がどうしても足りない。潤が参加すると聞いて二の足を踏む者が続出したのだそうだ。潤のせいで男が集まらないので責任を取れ、ということになり、祈一郎は潤によって強引に参加させられたのである。

男女とも教育大学の学生であるのに、祈一郎だけが他大学だ。それにほぼすべての女子の視線は潤に釘付けになっており、居心地が悪いことこの上なかった。そんなわけで、参加していた女子の顔をまともに見ることもせず、目の前の料理を食べることに専念していた。だから紗栄のこともあまり覚えていなかったのだ。

「風ってどんな話するのかしら」

紗栄はまた水の中の『風の対話（一対）』に目を戻して言った。そして独り言のように、「なんだかすごく悲しそうだったから、思わず声をかけちゃったの」と言った。

祈一郎は母親が入院中であることを言った。なぜそんなことを言ってしまったのかよくわからない。ずっと前に一度会っただけで、少しも親しくないのにである。あとで思ったのだが、紗栄はそんなふうに人に心を開かせる不思議な素質を持っていたのではないか。

それがきっかけで紗栄と付き合うようになった。母が退院したら紗栄を紹介するはずだった。だが、母は肺炎を起こして入院中にあっけなく死んでしまった。

母の死が影響したのだろうか、紗栄との仲は急速に深まっていき結婚の約束をしたのだった。

「おーい」と後ろで潤が呼ぶ。

「なにやってんだよ」

振り向くとスーツを着た潤が一旦上った山道を下りてくるので、また笑ってしまった。

「見ろよ。空と海があんなに青い」

「おお」

この美しさは潤も言葉に出来ないようだ。

しばらく二人は無言で景色を眺めていた。時間がゆっくりと過ぎていく。

「さあ、行こうぜ」

潤が祈一郎の肩をたたく。だが、潤の手の感触は伝わらない。

祈一郎の胸に、ふいに悲しみが押し寄せてきた。

みんないなくなってしまう。母も父も、紗栄も潤も。

「なにをそんなに悲しい顔してるんだ。俺が登山用の服じゃないのが、そんなに嫌なのか」

「そんなことないさ」

祈一郎は笑って答えた。

7

明日は神田綾に断りの電話を入れよう、と考えていた日のことだった。それでも最後の悪あがきとでもいうのか、今朝も早くから起き出して頭を抱えていた。

潤は気を遣っているのだろう、この数日、朝のこの時間に事務所に現れることはなかった。従って日当たりのいい場所でリリアンが潤と戯《たわむ》れることもなく、ホワイティが騒ぎ立てることもなかった。

静かさのせいで余計に焦燥を感じる。リリアンはカウンターの上で毛繕いをしている。

「きみはいいねえ」

話しかけると、リリアンは一瞬毛繕いをやめ、「ニャ」と返事をした。

リリアンは二代目の猫だった。初代はやはり黒猫で、亡き母が可愛がっていた雄だ。雄猫にリリアンという名前はどうかと思うが、母は手芸のリリアン編みが大好きだったのと、リリアンという響きが猫にぴったりだと思ったのだそうだ。

初代のリリアンは母のあとを追うように死んでしまった。しばらくは猫のいない生活を送っていたが、母を失った痛手からなかなか立ち直れない父のために、祈一郎が猫の保護施設からもらってきたのだ。

アイディアはまとまらず、デスクの上のスケッチブックにはイタズラ書きのような線が、祈一郎の頭の中を描写するごとくに書き殴ってあった。

スタッフが出勤するまでの時間に、もうひと頑張りするつもりでコーヒーを淹れに立った。だが、コーヒーは淹れたものの、仕事には戻らず、カップを持ったままピクチャーウィンドウの前までやって来た。

窓越しに葦田家の庭を眺める。今朝も真知子は草花の世話に余念がない。庭は手入れが行き届いているので、パンジーもゲラニウムもきれいな花を咲かせていた。もしエントランスのアプローチがこんなふうに植え替えられず、エゾムラサキツツジのままだったら、これほど華やかな庭にはなっていなかっただろう。春も浅く、まだ寒さが残るうちに鮮やかな花を咲かせるエゾムラサキツツジは、花が終わるとすっかり地味な木になってしまう。枝の形は少々無骨で、葉も錆《さび》のような枯れ葉が目立ちあまり美しくない。

真知子は夏の庭を、こんなふうに彩るために植え替えたのかもしれない。そう思うと父の思惑があたったことになる。葦田家の庭は本当に素晴らしい。思えばこの庭にずいぶん助けられてきたのではなかったか。辛く苦しい時も、生き生きとした植物からエネルギーをもらっていた。思わぬ形で独創的なアイディアをもらったこともあったはずだ。

だが、神田綾の依頼に関しては、どこからもアイディアは降りてこない。一縷《いちる》の望みをかけて山に登ってみたが、それも徒労に終わった。

やはり断るしかないのか。

庭を眺めたまま、かなりの時間を浪費していたようだ。奈々が出勤してきた。

「おはようございま……」

いつものように元気よく挨拶をしたのだが、最後まで言わないうちに奈々の顔は曇ってしまった。

「どうかしたんですか？」

と訊くが、祈一郎の返事を待たずに葦田家の庭に目をやった。

「今日もいますね」

「え？　ああ、そうだね」

「彼が祈一郎さんに、なにか言ったんですか？」

「彼？」

「葦田さんのご主人です」

「ええっ、本当？」

祈一郎は庭に向かって目を凝らしたが、見えるはずもない。真知子の丸い背中が見えるだけだ。

「あれ？　私の勘違いですか？　祈一郎さんが憂鬱そうだったので、真知子さんのご主人になにか言われたのかと思いました」

「真知子さんのご主人っていつも庭にいたの？」

「はい。真知子さんが庭仕事をしている時は、だいたいいますね」

そういう能力のせいで不幸なのだと言っていたが、こんなに幽霊が見えては、やはり幸せとはいえないだろう。

「除霊をしていたって言ってたよね。ほかにはどんなことができるの?」

「そうですね……ないものをあるように見せたり……とか、いろいろです」

あまり言いたくないのだろうか、歯切れが悪い。

「それって、どんなふうにやるの? 呪《まじな》いとか祈禱とかやるの?」

祈一郎の脳内では、奈々が白装束で幣《ぬさ》を振り回していた。

奈々は少し困った顔をして、どう言おうか考えているようだった。

そこへ赤芝が出勤してきた。

「家伝の秘儀なんです」

そう祈一郎にささやくと、奈々はいつものように明るく赤芝に挨拶した。

『家伝の秘儀、か』

おどろおどろしい言葉を頭の中で繰り返し、二人にコーヒーを淹れてやるためにカウンターへ向かった。

赤芝と奈々は『カフェ・ブラン』のテーブルと椅子の選定を始めた。奈々は赤芝のイメージ通りのものを見つけるために、ぶ厚いカタログとさっきから格闘している。

「赤芝さん。これなんかどうでしょうか？」

奈々は向かいに座っている赤芝にカタログを向けた。

「ああ、いいね。このメーカーでこういうのをやっているとは知らなかったな」

変な言い方だが赤芝はようやく奈々に慣れてきたようだ。奈々のあまりの可愛らしさに最初はかなり緊張していたが、さすがに毎日顔を合わせていると麻痺してくるのだろう。

なんといっても驚きなのは奈々のほうだ。初日こそ肩に力が入っていたようだが、あっという間にここに馴染んでしまった。石原デザイン事務所でよほどの苦労をしたということか。それとも見た目の可愛さに似ず、肝が太いのだろうか。

「こっちの椅子もけっこういいと思うんですけど」

二人はカタログを挟んで、どの椅子がいいか相談し始めた。赤芝と奈々の距離が、だんだんと縮んでいくのが祈一郎には嬉しかった。だが祈一郎の前に開かれたスケッチブックには、相変わらず意味をなさない線が引かれているだけだった。

午後になり、潤がどこかから帰ってきた。ピクチャーウィンドウの前でリリアンと戯れていたかと思うと、いつの間にか眠っていた。幽霊も昼寝をするのかと感心してしまう。そのうちに起き出して、今はカウンターに寄りかかり、みんなの仕事ぶりをぼんやりと眺めている。まるで猫のような気ままな生活だ。

「あ、忘れてた」

赤芝が椅子をがたがたいわせて立ち上がった。

「もうすぐ『どさんこアフタヌーン』に神田綾がゲスト出演するんですよ。テレビつけてもいいですか？」

「おまえは、ほんとうにいつも騒々しいやつだな。神田綾のファンとか本人が聞いたら気を悪くするぞ」

「じゃあ、休憩にしようか。『ノルテ旭ヶ丘』のプリンを買ってあるんだ」

祈一郎の言葉に赤芝と奈々が、わっと歓声をあげた。

「うるさいやつらだな。プリンくらいで喜ぶなよ」

『どさんこアフタヌーン』はもう始まっていたが、綾の出番はまだのようだった。

三人でテレビの見える応接セットに移動する。すると、なぜか潤も一緒にソファに座った。リリアンも当然のことのようにやって来て潤の足下に寝転がった。

「神田綾ってどんな人ですか？」

プリンを食べながら赤芝は、毎度繰り返される質問をする。

「んー、そうだねえ。有名人だけど気取ったところもないし、ごく普通の人って気がするけど」

　祈一郎も毎回同じような返答をする。赤芝は物足りないのだろう、少し残念そうだ。

「あ、出てきましたよ。番組に寄せられた相談に専門家がアドバイスするっていうコーナーなんです。やあ、神田綾はやっぱりきれいだなあ。打ち合わせの時もこんなふうにきれいにしているんですか？　それともスッピンで打ち合わせするんですか？」

「化粧はしてたと思うな。テレビで見るのと同じくらいきれいだったよ」

「おまえはとことん馬鹿なやつだな。そんなことどうだっていいんだよ。というか、実物の神田綾はもっとずっと色っぽいぞ。おまえなんか直接会ったら鼻血出すぞ。ここにいる祈一郎だってメロメロだったんだ」

「ええっ」

　奈々が潤の言葉に反応して声をあげた。

「そんな驚くこと？　普段も化粧してるのが？」

　赤芝は怪訝そうに、赤面している奈々を見た。奈々は笑ってごまかし、「あ、相談者と電話が繋がったそうですよ」とテレビを指差した。

「旭川にお住まいの陽子さん、七十五歳。ご主人と二人暮らしだそうです。陽子さん、こんにちは。ご相談をどうぞ」

髪を後ろで一つにまとめた女性アナウンサーは、カメラの向こうの陽子さんに呼びかけた。人気番組のアナウンサーだけあってとても美しいのだが、隣に座っている神田綾の美しさには敵わない。

陽子さんは、自分の相談を取り上げてもらったことにくどくどと礼を言って、ようやく本題に入った。七十五歳にしては歯切れのいい若々しい喋り方だった。

「去年大雨があったじゃないですか。本州のほうで人が流されて亡くなったり家が流されたりしましたよね。そういうのテレビで見てたんですけど。北海道は台風が来ないから、安心だねって主人と話していたんです。そしたらすごい大雨が降って、うちの近くの川が氾濫して避難勧告が出たんです。避難勧告なんて言葉、聞いただけで怖いじゃないですか。私の家も流されちゃうんじゃないかと思って、怖くて怖くて、その夜は小学校の体育館にいたんですけど、一睡もできませんでした」

「よく喋るおばさんだな」

潤は気の毒な相談者にも容赦ない。

「それは大変でしたね」

アナウンサーは眉を曇らせ、あいのてを入れた。

「それで、ご自宅は無事だったんですか？」

「ええ、なんともなかったんです。床下浸水した家もたくさんあったんですけど、うちは大丈夫だったんです。でもそのあと雨が降ると、テレビで見た、家が流されるシーンとかを思い出して、今度は自分の家がそんなふうになるんじゃないかって心配で心配で眠れなくなるんです。川が茶色に濁っているだけで、心臓がドキドキしてくるんです」

「それはお困りですね。では今日のゲストの神田綾先生に伺ってみましょう」

アナウンサーは綾に向き直った。

「神田先生、去年の洪水ではたくさんのかたが被害に遭われました。陽子さんのように今も苦しんでおられるかたが、大勢いらっしゃると思います。どうすれば少しでも苦しみから解放されますでしょうか」

「長い間、ほんとうにお辛かったと思います。よく耐えてこられましたね」

「本当ですね。もう一年になりますものね」

綾の衷心から同情を寄せることばに、アナウンサーが大きくうなずいた。

「陽子さんは、その苦しみからもう解放されていい時期が来ています。一つには、こうして第三者に相談なさった勇気と行動力です。だれかに話すことで苦しみは軽減されますから、病院で相談なさって治療が必要かどうか、必要だとしたらどんな治療が陽子さんに合っているかとか、じっくりお話しなさるのがいいと思います」

綾はどんな気持ちでこの相談を聞いたのだろう。正直言って、綾の受けた苦しみとは比べものにならない。切実に助けを必要としているのは綾のほうだ。しかし綾は相談者のために実に親身になって話を聞いてやる。身近に話を聞いてくれる人はいるか、とか趣味の集まりに出かけてはどうか、など日常生活の注意事項まで事細かにアドバイスをしている。赤芝のようなファンがたくさんいるのもわかる気がする。

「動悸があまり辛いようでしたら、お薬を飲むことで楽になりますから病院に行ってみてはどうでしょうか？」

相談者は何度も礼を言う。アナウンサーが、お大事にとか頑張ってくださいなどと声をかけ、このコーナーは終わった。

「いやー、神田綾はすごいなあ。僕もカウンセリングを受けてみたいなあ」

「赤芝、それはいい考えだ。おまえの常軌を逸した趣味と嗜好をなんとかしてもらえ」

奈々は下を向いて笑っている。

赤芝が自分のデスクの引き出しから、本を持ってきた。

「これ、神田綾の最新刊なんです」

祈一郎に表紙を見せて差し出す。タイトルには『忘れるための5つのステップ』とある。

「僕、これを読んですごく心が軽くなったんです。それで何度も繰り返して読んでるんですが、よかったら祈一郎さんにお貸しします」

祈一郎が当然受け取るだろう、と思っているらしい。目の前に突き出されて断ることもできず、手に取ってしまった。

目次を見ると、「大切な人を失った時に」という項目が目に入った。

祈一郎の胸がきりりと痛んだ。

普段はなんでもないような顔をしているが、実の姉が失踪していることが赤芝の心に影を落とさないはずがないのだ。忘れていたわけではないが、今さらながらに赤芝の心の裡を思った。

辻明日美が東京で紗栄に会ったことは知らせてある。あまりにも長い間音信不通だったので、赤芝は特に驚くこともなく、「そうですか」と暗い目をして返事をしただけだった。肉親にすらなにも知らせずにいなくなってしまった姉に、やはり複雑な思いがあるのだろう。

神田綾の本を読んで「心が軽くなった」のは紗栄がもうこの世にいないと思っているからなのだろうか。そしてたぶん親切心からなのだろう、祈一郎にも読むように勧めるのは、暗に紗栄の死を祈一郎にも認めてもらいたいからなのか。

祈一郎はたぶん読まないだろう。だが突き返すなどということができるはずもない。「ありがとう」と礼を言って本を受け取った。

8

地球が温暖化している、と様々なところで声高に叫ばれているが、たしかにそうかもしれない、と祈一郎は思った。

真夏であろうと、以前は日が落ちれば寒くなったものだ。それがどうだろう。あたりは薄暗くなり始めているというのに、アスファルトや建物が輻射熱を放っていて、半袖のシャツのままでも暑いくらいだ。川のそばなら涼しいかと思ったが、暑さは変わらなかった。

祈一郎は、神田優輝が溺れたという場所に来ていた。綾に訊けるはずもないので、潤に教えてもらったのだ。

ここへ来たからといってアイディアが浮かぶとは思っていない。だが、綾は何度もここを訪れているだろう。ここに来ていなくても、心の中にいつも思い浮かべているはずだ。そんな綾の気持ちを少しでも知りたかった。

日は落ちたが街灯がつくまでにはまだ間がある。しかし琴似発寒川の川面は、夏草に覆われ暗く沈んでいた。しばらく雨も降っていないので水量が少ないのだろう、水音もほとんど聞こえなかった。

潤からは優輝が溺れた時のようすも聞いている。小学校に入ったばかりで、やりたいこともたくさんあっただろう。自分の死をさぞ悲しんでいることだろう、と潤に訊くと、そうでもないという答えが返ってきた。いつも楽しそうで、会うたびにゲームの相手をさせられて迷惑している、とほんとうに嫌そうに言っていた。死んだ人は仏様というが、子供ではあるがやはり達観しているのだろうか。

そういえば潤もそうだ。自分が死んでしまったことを嘆いているのを一度も見たことがない。楽しそう、というわけではないが、飄《ひょうひょう》々と日々を送っているように見える。これが生身の人間なら、人生の目的もなくただ存在していることなどできないだろう。潤が「存在」しているのか、という点ははなはだ疑問だが。

帰ろうとして踵《きびす》を返すと、そこに潤が立っていた。

「うわっ」と声を上げて後ずさった。

「なんだよ。びっくりするじゃないか。声ぐらいかけたらどうなんだ」

考え事に沈んでいるうちに、すっかり暗くなり、街灯がともっていた。街灯の下で柳の木が細い葉を不気味に揺らしている。

「こんなとこでなにやってんだ」

「潤こそなにをやっているんだよ」

「優輝に付き合ってたんだ。すぐそこがおばあちゃんの家だからな」

「と、すると優輝くんはそばにいるのかい？」

「ああ、いるよ」

祈一郎は下ろしている潤の右手のあたりを指さした。そこにいるのか、という意味だ。潤は小さく首を横に振る。今度は左手のあたりを指さした。潤はまた首を振り大きく振り返ると、一つ向こうの街灯のあたりを指さした。

「あの辺を走り回ってる。とにかく落ち着きがなくて、いつも跳んだり跳ねたり走ったりしている」

祈一郎と潤は、優輝がいるほうへ向かって川沿いをぶらぶらと歩き始めた。

「優輝が死んだ場所を聞いてどうするのかと思っていたが」

「見てみたかったんだ。川を見たら神田さんが望むものがわかるような気がした」

「わかったのか?」

「いや、わからない」

祈一郎がそう答えると同時に、潤が叫んだ。

「あ、なにやってんだ。危ないだろう」

そして走って行く。祈一郎は潤のあとを追った。

「どうしたんだ」

追いついて訊いた。潤は小脇になにかを抱えているようだ。

「まったく、このいたずら坊主は。こら暴れるな。こっちまでびしょびしょになるだろう」

「ひょっとして優輝くんを抱えてるの?」

そう言っている間に、優輝は潤の手から逃げてしまったようだ。

「柵を越えようとしていたんだ。自分が川に落ちて死んだってことを忘れたのかね。危ないじゃないか。俺は子供が大っ嫌いだったってことを思い出したよ。なんで学校の先生になろうと思ったのか、自分のことながら訳がわからない」

潤は川沿いの道を目で追いながら言った。優輝がそのあたりを走り回っているようだ。

「それは僕も思っていたよ。子供が嫌いというわけじゃなかったけど、格別子供好きではなかったからね」

「やっぱりそうか？」

「うん。教師になることに決めていたみたいだから、理由を訊くこともしなかったな」

潤は腕を組んで理由を思い出そうとしているようだ。「うーん」などとうなり声を上げていたが、突然、「うるさい」といまいましげに言った。

「トイレに行きたいわけじゃない」

「優輝くんはどこにいるの？」

「そこだ」

と潤は祈一郎の左手のあたりを指さした。

「おまえと手を繋いでるよ」

「え」

祈一郎の体が固まった。特に左手は動かさないように注意を払っているために、不自然な形になっていた。

「また言ってる」

潤は面倒くさそうに頭を掻いた。

「優輝くんがかい？　なにを言ってるの？」

「『僕のために改装するんだよ』だとさ」

「改装なんて言葉、よく知ってるね」

祈一郎は優輝がいると思われる場所に向かって言った。

「ああ、たまに大人みたいな口のききかたをすることがある。だけど、自分のために改装するっていうのは、優輝も意味がわからないらしい」

「神田さんが優輝くんのために改装する……。僕との打ち合わせでは、そういうことは言っていなかったし、神田さんのお母さんと一緒に暮らすために、どうしても早く改装したいって言ってたけどな」

「そうじゃないらしい。『お母さんとおばあちゃんはいつだって僕のことを一番に考えてくれるから』だそうだ。改装も優輝のため、ということになるらしい」

「そうだね。優輝くんのお母さんとおばあちゃんは、きみのことをとても大切にしていたんだよね」

だから、優輝の物が残っていることで苦しんでいるのに、持ち物は一つも捨てられないという板挟みで身動きがとれなくなっているのだ。

なんとかしてあげたい、という気持ちがふつふつとわき起こる。だが同時に言いようのない無力感に襲われた。

「楽しみなんだそうだ」

「え？」

「家の中がどんなふうになるのか、とても楽しみだって言ってる」

突然潤は、「ああ」と顔をしかめた。

「なに？　どうした」

「優輝がおまえに抱きついている。びしょびしょだ。なんともないのか？」

祈一郎は自分の体を両手で触ってみたが、特に濡れているようなこともなかった。

「優輝くんはびしょびしょなのか？」

「うん。溺れて死んだからなのかな。いつも水の中にいる。苦しくはないらしいが。え？　なに？　へえ……そうか」

潤のまばたきが多くなって、優しく、そして悲しげな顔をした。

「どうしたの？」

「優輝が言うには」

そこで潤は言葉を句切り、またまばたきをした。

「この水はお母さんとおばあちゃんの涙なんだそうだ。家の改装が終われば二人の涙は乾いて、優輝も水の中から出てこられるんだと言っている」

祈一郎は唇を噛んで涙をこらえた。自分に抱きついているという優輝を強く抱きしめてやりたかった。

家に帰ると、赤芝から借りた本を開いた。綾がどんな思いで、「大切な人を失った時に」という項目を書いたのか、祈一郎が理解できるとは思わない。だが、理解しようとする気持ちは必要ではないだろうか。

「はじめに」というページから順に読んでいく。日々の生活の中で不快なこと、腹の立つことはたくさんある。忘れたほうがいいことはわかっていても、なかなかできない。本書では忘れるための技術を五つのステップで簡単に身に着けられるようになっている、と書いてある。

本文の最初のほうは、記憶のメカニズムについてやや専門的に説明している。

感覚記憶、短期記憶、長期記憶、エピソード記憶、意味記憶。聞いたことがある言葉もあれば、ないものもある。それぞれに説明がなされているが、中でも祈一郎の目を引いたのは、エピソード記憶の説明だ。

『エピソード記憶とは、時間や場所、感情などの情報を持った記憶である』

つまり思い出。

祈一郎の中にひらめくものがあった。まだ小さな光だが、光明が見えた気がして先を読み進めた。

窓の外が明るくなる頃にようやく本を閉じた。

神田綾のクリニックが開く時間を待って、祈一郎は打ち合わせの日を延ばしてもらうために電話をかけたのだった。

9

神田邸のリビングは天井が高く、部屋もとんでもなく広いのだが、エアコンはしっかりと効いていた。それなのに祈一郎が膝の上に置いている手は汗ばんでいる。出されたた麦茶のコップは空になったが、まだ喉が渇いていた。

徹夜で仕上げたデザインを、もし綾が気に入らなければこの仕事は断るつもりだ。自信作、というわけではない。むしろ突飛なデザインであるために、気に入られない可能性が高い。

綾は、一通り説明を聞いたあと、テーブルの上に広げられた図面と彩色された室内のパースとを、さっきから無言で何度も見比べている。

早くなんとか言って欲しい。だめならだめと。気に入らないなら気に入らないと。そうしたら祈一郎は書類を丸めて、すぐにでもこの家を出て行くだろう。

「これでお願いします」

綾は顔を上げて言った。

祈一郎は言葉に詰まったが、「本当ですか?」と、ようやくそれだけを言った。

「ウエットなエピソード記憶をドライな意味記憶に、っていうのが気に入りました」

体の力が抜けて思わず、「はあー」と声が出た。

綾の本の中で、エピソード記憶の説明を読んだ時に、綾はまさにこの記憶に縛られているのではないかと思った。情緒的でウエットなエピソード記憶の余分なものをそぎ落とし、純粋な存在としての優輝の記憶、つまり意味記憶に変えてしまえばいいのではないか。

『ないけれど、いつもそこにある』

記憶の引き出し《ドロワー》の中で、優輝は優輝としていつもそばにいる。

その時、優輝の記憶はもう悲しみを伴うものではないはずだ。

「涙はストレスを解消するって聞いたことがありますけど、あんまり泣くと優輝くんが溺れてしまいます」

「ほんとね。その通りだわ」

綾は微笑んだ。祈一郎の言葉を冗談ととったようだ。

優輝の荷物を保管するために、形を変えなければならないものがかなりある。それを受け入れてくれたのがありがたかった。リストアップしたものを示して確認したあと、祈一郎は神田邸をあとにした。


完成の日は綾の母親も同席した。会うのは初めてだが、潤の話によると以前よりも少しふっくらして元気そうだということだ。

そう。今日は潤も来ている。姿は見えないが優輝も一緒だという。

「優輝くんはまだ水の中にいるのかい？」

祈一郎は綾たちに見られないように、背を向けて小声で訊いた。

「ああ、まだ溺れているみたいにな。だけどさっきからはしゃいで走り回ってる。そこら中をびしょびしょにしているよ」

潤はうんざりしたように肩をすくめた。

「まあ、壁が」

綾の母親は吹き抜けのリビングに入るなり、壁一面の造作《ぞうさく》を見回して感嘆の声を上げた。

リビングの壁はすべて、白いクロス張りから明るい木《もく》の板張りに変わっていた。広いわりには明るく軽やかな印象だったリビングが、ぐっと落ち着いた高級感のある空間に変貌していた。

しかしただの板張りではない。幅三十センチ、高さ十センチ弱の寸法で、髪の毛ほどの細さの切れ目がついていた。それは近くに寄って、やっと識別できるほどのものだった。床から天井まで、四角く区切られた板は規則正しく並んでいる。

綾が壁に近づいて母親を呼んだ。

「見て」

板の一つを綾は指で押した。するすると板は前に出て来た。引き出し《ドロワー》だった。

内側には『2018．4．15／2558』と刻印されている。

「お母さん。これ、一緒にここに仕舞いましょう」

綾はピカチュウの顔がついたポシェットを取り出した。

「ああ、これ、私が……」

「ええ、お母さんが優輝の七歳の誕生日にプレゼントしてくれた」

２０１８年4月15日は優輝の七回目の誕生日だ。生まれてからたったの２５５８日だった。

天井までの引き出しは全部で２６７５個ある。２０１８年8月10日に事故で亡くなるまで、優輝が生きた日数と同じ数だ。

「私のプレゼントは次の日の引き出しに入れるわね」

綾は『ピカチュウクレーンゲーム』の写真をすぐ下の引き出しに入れた。Ａ４判の写真は引き出しの中に余裕を持って収まった。一緒に、クレーンゲームの中にあった小さなぬいぐるみを一つだけ入れる。

引き出しの製作を工務店に依頼し取り付けられるまでの間、祈一郎も遺品の整理を手伝った。まず引き出しに入るもの、そうでないものを分けた。入らない物はすべて写真に撮りプリントアウトし、一部分を取って残しておく。たとえば学習机なら引き出しの丸い把手。ベッドならヘッドボードに付いていた小さな棚板。自転車ならハンドルに付いていたベル、といった具合だ。そのほかにもランドセルは写真と肩ベルトを一対、透明なビニール袋に入れて準備した。

綾は忙しい仕事の合間を縫って、夜中も黙々と作業を続けていたらしい。すべての引き出しが取り付け終わる時には、遺品の整理はすっかり終わっていた。祈一郎が手伝えたのはほんの一部だが、綾はとても感謝してくれた。

　引き出しに入らない物はすべて処分することになるのだが、綾は実に思い切りよく処分していった。

　一度だけ、陶器の熊の置物の時に綾の手が止まった。母熊のお腹の上で子熊がのんびりと寝そべっているもので、幅は三十センチ、高さも三十センチほどある。引き出しには入らない。取っておける部品もない。

　綾は置物をしみじみと見ていた。母熊も子熊も幸福そうに目を細めていて、見ているとこちらも幸せな気持ちになってくる。よほど思い出のある品物らしい。

「それはどこかに飾っておけますね。処分しなくてもいいのではないですか？」

　祈一郎の言葉に、綾ははっとして顔を上げた。目が潤んでいた。

「いいえ。機械的に処理したほうがいいと思うの」

　綾はこちらの意図を充分に理解してくれていた。祈一郎はうなずいて写真を撮り、置物は処分用のゴミ袋に入れた。

　一つ一つの遺品に別れを告げるように整理を終わった時には、綾の表情は晴れ晴れとしていた。今も壁一面の引き出しを見上げ、穏やかで美しい顔をしている。

吹き抜けから見える二階部分は、通路用に延長してロートアイアンの手すりを付けた。ツタの模様の手すりが、通路を優雅な空中回廊にしてくれている。一階にも二階にも天井まで手が届くように、移動式の梯子を取り付けてある。

綾と母親は二階に上がった。次に綾が取り出したのは優輝のへその緒だった。梯子を登り、桐の箱に入ったそれを、綾は一番上の一つ目の引き出しに入れた。もちろん内側には優輝が誕生した日付と、「1」という数字が刻印してある。

綾の母親が泣き崩れる。綾も梯子から降りて、母の肩を抱いて泣いていた。だが二人の涙は、もう悲しみの涙ではなかった。

潤は優輝を追いかけることに疲れはてていた。

「いいかげんにしろって」

うんざりして言う声も、優輝には届いていない。

優輝は母と祖母が自分の家で一緒にいるのがよほど嬉しいらしい。「わーい、わーい」と甲高い声で叫びながら両手を上げて走り回るという、絵に描いたようなはしゃぎようだった。

だが、二人が二階でへその緒を仕舞い、抱き合って泣きはじめると優輝の動きが止まった。

優輝は一階から二人の姿を見上げていた。取り巻いていた水はいよいよ勢いを増し、奔流となって渦巻いた。

優輝の体が持っていかれる、と思った瞬間。水は嘘のように消えた。

モンスターボールの絵がついた半袖のTシャツ。紺色の半ズボン。茶色がかったさらさらの髪の毛。そして綾にそっくりな大きな目。

優輝は大人びた微笑みで母と祖母の姿を見ていた。納得したように小さくうなずくと、リビングの一番奥にある引き出しの前にゆっくりと歩いていった。

いつの間にか手にオレンジ色のフリスビーを持っている。

潤はあのフリスビーだと直感した。優輝が死の直前に、川まで追っていった例のフリスビーである。

「これ、お母さんが買ってくれたやつ」

優輝は一番下の引き出しを開け、フリスビーを入れた。

引き出しの内側には、『2018．8．10／2675』と刻印されていた。

第三章　不信《うたがう》

1

札幌駅の北口にある鐘の広場は、たくさんの人でごった返していた。アーチの下にぶら下がる小ぶりの鐘はブロンズ色で、鳴らせばいい音が出そうだ。だけどこれまでに鐘の音を聞いたことは一度もないな、と今迫雄二《いまさこゆうじ》は思った。

北口は昔、ちょっとうらぶれていた。南口にある駅前広場の華やかさと比べると、忘れられた場所のように人通りも少なく寒々としていたものだった。今迫が小学生の頃の話だから六十年近く前のことだ。それが今は、すっかり整備され、きれいになって未来都市のような屋根の付いた歩道や噴水がある。その向こうにガラス張りのビルも見えて、あまり街には出てこない今迫は、中心部に来るたびに札幌は変わったなと思う。

『鐘の広場』という看板の下には団体旅行集合所と書いてあるようにツアーの待ち合わせ場所だ。簡易的なテーブルがいくつか並び、旅行会社の職員が参加者の受付をおこなっていた。今迫もたった今、受付したばかりである。

一緒に『知床紅葉狩りツアー』に行く予定の、吉田栄多郎《よしだえいたろう》と黒崎正《くろさきただし》はまだ来ていなかった。

「雄《ゆう》ちゃん」

声のするほうを向くと、人と人のあいだから吉田栄多郎が人なつこい笑顔を見せていた。吉田はいつものベージュのニット帽をかぶり、人混みの中を縫うように小走りに近付いてくる。今迫と同じ黒革の鞄を斜めがけにし、手にはデニム生地の旅行鞄を提げていた。

「受付した？」

今迫が問うと、「うん、した」とつるりとした丸顔の吉田はうなずいた。小柄な吉田はいくつになっても若々しかった。今迫とは小学校以来の友達だ。どちらかといえば大柄で、最近では顔のしわも多くなってきた今迫は、吉田といると自分がずっと年上に見えることを知っていた。

二人は先の会話を続けられなかった。今迫は吉田が来てくれたことに礼を言いたいが、どう言えばいいのかわからず、かといって時候の挨拶やあたりさわりのない世間話で会話をつなぐような水くさい仲でもない。

「黒崎さんはまだかな」

吉田が沈黙に耐えられなくなったのか、もう一人の参加者を頭を巡らせて探した。

吉田もやはりこの間の出来事を気にしているのだ。

幼なじみの吉田と今迫は、これまで喧嘩らしい喧嘩をしたことがなかった。子供の頃につまらない諍いはあったが、すぐに仲直りができた。あの時の言い争いは実に数十年ぶりの口論だった。

いつもニコニコしていて人当たりのいい吉田は、見た目も心の中も正直でいいやつだ。

退職後は一緒にカフェをやろう、という話がどちらから出たのかは、今となってはもうわからない。それほど二人は息が合っていたのだ。

二人の間が微妙に変化したのは黒崎が現れてからだった。黒崎は吉田が最近親しくなった友人だ。写真の展覧会で知り合ったのだそうだ。

バスツアーの出発まであと十分という時間になっても黒崎は現れなかった。このまま来なければいいのに、と今迫は思った。吉田と二人で紅葉を写真に撮りながら、この間の喧嘩でできた溝を埋めたかった。だから半ば強引にこのツアーに誘ったのだ。

吉田がうっかりツアーで出かけることを告げると、ぜひ自分も行きたいと黒崎が割り込んできた。

「三人のほうが楽しいよね」と言う吉田の言葉に、多少なりとも今迫は傷ついた。人数が多い方が賑やかでいいという意味なのはわかっている。だが、今迫と二人で出かけたくはない、という吉田の思惑なのではないか、と振り払ってもそんな考えがあぶくのように浮かんでくる。

黒崎は出発ぎりぎりになってやって来た。やはりカメラの機材が入った鞄を斜めに掛け、小さめのボストンバッグを持っている。黒い革のジャケットに、黒い革のピッタリとしたパンツをはいている。ロックのバンドマンみたいな男だ。

表面上は三人ともにこやかに挨拶をして、バスに乗り込んだ。三人は一番後ろの席だった。吉田を真ん中に挟んで窓側が黒崎だ。

「俺、知床は初めてなんだよ。テレビでやってたけど、今年の紅葉はきれいだってね。ほら、先月ずいぶん冷え込んだだろう？　あれで一気に色づいて、いつもの年より鮮やかなんだってさ。楽しみだなあ」

饒舌な黒崎に吉田が相槌をうっている。

「俺は紅葉をバックに熊が海岸を歩く姿を撮りたいんだ」

今迫もごく自然に話に加わる。熊とカメラアングルの話で盛り上がると、吉田はバッグからビールの缶を出して黒崎と今迫に一本ずつ渡した。

「おいおい栄《えい》ちゃん。まだ午前だよ」

今迫が言うと、吉田はぱっと笑顔をはじけさせた。

「今日は観光だけだろう？　明日が本番だからさ」

知床までは道の駅に数回停車するだけでほぼ直行する。知床五湖とオシンコシンの滝を回ったあとホテルで宿泊というのが今日の予定だ。三人にとっての本番は明日だ。「陸からは見ることのできない秘境の絶景」という謳い文句に心躍らない人はいないだろう。

昼食は宿泊施設もある道の駅で、一時間という長めの休憩だった。黒崎と吉田は長芋丼、今迫は刺身定食を頼んだ。

「刺身なんて、今日の夕食で食べられるよ。獲れたての魚はきっと美味いよ」

黒崎は少し年上なので、なにかと意見を言いたがる。

「俺はね、いつも変わったものを食べることにしてるんだ。こういう時には」

「黒崎さんはね、調理師の免許を持ってるんだよ。コーヒー淹れるのもうまいし」

吉田は自分のことのように自慢そうに言った。

「俺はコーヒーにはちょっとうるさいよ。コーヒー通の客にも満足してもらえる自信がある」

黒崎は言ってしまってから、しまったという顔をした。吉田も気まずそうに頭を掻いた。

「夕食の時にゆっくり話そうと思ってたんだけどさ。黒崎さんも経営に加わってもらったらどうかと思って」

箸を持つ手が震えていた。それを悟られないように、ものすごいスピードで刺身定食を平らげていった。その間に吉田と黒崎は、どういういきさつで黒崎が仲間に加わることになったかを説明した。

そもそもの発端は、吉田がカフェの開業を彼の妻に反対されたことにある。急に弱気になり、やめると言い出したので今迫とも揉めることになった。数十年ぶりの口喧嘩の原因はそれだった。

吉田はそれを黒崎に何気なく話した。すると黒崎は吉田の妻や、たまたま実家に帰って来ていた東京で仕事を持っている一人息子を楽々と説得して、カフェの開業を認めさせてしまったという。「黒崎さんが一緒にやるのなら安心だ」と吉田の家族は言ったそうだ。

今迫は刺身の味がわからなかった。なにかを言えば怒りを爆発させてしまいそうだった。吉田への不信感がふつふつとわき起こってくる。

「俺たちの写真を飾るカフェはどうなったんだよ」

今迫は、それだけをようやく言った。

「どうもならないさ。同じだよ。三人でやるってだけだよ。写真だって三人のを飾ろうよ」

「だけど」

「雄ちゃん。コーヒーだけじゃ客は呼べないよ。俺たち料理できないじゃないか。黒崎さんがいたら料理も出せる。それにコーヒーだって俺たちよりずっと上手に淹れられるんだからさ」

だったらそれは黒崎のカフェじゃないか、と今迫は肚《はら》の中で思った。

親しい友人が集いだんだんと仲間を広げていく。儲からないかもしれないが、そういう暖かい場を作ろう、と語り合ったのはなんだったのだろう。

吉田は黒崎に、いいように操られている。吉田の家族を説得してくれたことに礼を言ってくれ、と言わんばかりの態度だ。

「今迫さんは、俺が加わるのは反対なの？」

「いや、そんなことは」

この場で本音が言えるか、と怒鳴ってやりたい。

その日の観光はどこへ行っても、なにも目に入らず少しも楽しめなかった。バスが停まるたびにみんなと一緒に降りて一緒にぞろぞろと歩き、またバスに戻った。知床五湖もオシンコシンの滝も今迫の心にはなにも響かない。黒崎と吉田が嬉々としてカメラを構える姿が、今迫の目に映るばかりだった。

翌日はいよいよ目当てのクルーズだ。さすがに今迫も心が躍った。秋晴れの空と紅葉、青い海。そこにヒグマが現れてくれたら、どんなにまずい腕でもすばらしい写真が撮れるだろう。

六十人乗りの船は人で一杯だった。家族連れ、外国人のグループ、カップル。それに今迫たちのようにカメラを携えた、素人カメラマンが数人乗っていた。早くも三脚を立てて場所を確保している人もいる。

今迫たちは、まだ場所を決めかねて機材を持って右往左往していた。

ごった返すデッキで風を受けていると、昨日からのわだかまりが消えていくようだった。吉田と二人でカフェをやる、という計画が自分の知らないところで勝手に変更されたので頭にきたのだ。だが三人でやってもいいじゃないか、という気がしてきた。

船は白く波を切って進んでいく。デッキの上を黒崎が、妙な顔をして歩き回っていた。

「黒崎さん。どうしたの？」

「吉田さんの姿がさっきから見えないんだ。トイレにでも行ってるのかな」

それにしてはずいぶん長いな、と黒崎は目で船の上を探しながら言った。

座席にもトイレにも吉田はいなかった。

それほど大きな船ではない。

黒崎と今迫は顔を見合わせた。黒崎の顔は引きつり青ざめている。今迫もたぶん同じ顔をしているだろう。

オレンジ色のジャケットを着た従業員に向かって、黒崎と今迫は同時に足を踏み出していた。

2

百合の花束が強い芳香を放っている。電車の中で視線を感じたのは、この百合のにおいが強すぎたせいだろうか。いやにじろじろと見られるので、自分の服装がおかしいのかと思い、何度も見直したほどだ。

今日は潤の命日だ。夏の盛りは過ぎて、朝夕は寒いと感じることも多くなった。それでダークな色目のジャケットを羽織っている。薄いブルーのシャツにパンツは黒のスキニーにした。潤の両親はじつに気さくな人たちなので、自然と祈一郎のほうも気楽に訪問するし、服装も砕けたものになる。

苗穂《なえぼ》駅を降りて、サッポロビール博物館の敷地を斜めに突っ切り、北八条通に出るのが近道だ。レンガ造りの建物と煙突の両方に付いている赤い星のマークを見上げながら歩く。命日だけではなく、年に数回訪れるので、あのマークも芝生の中の小径もすっかりなじみのものとなった。

北八条通は車も多いが人通りも多い。髪の長い若い女性とすれ違った。祈一郎の頭の先から足の先まで何度も目を往復させて、まるで観察するように見る。はたと目が合うと、すっと視線を逸らしてしまった。最初は知り合いかと思ったが、目が合っても互いに知らん顔で通り過ぎたのだから知り合いではない。

やはり百合のにおいがきついからだろうか。振り返ると女性もちょうど振り返ったところだった。別に怒っている様子でもないが、祈一郎は車で来なかったことを後悔した。

百合は潤が好きな花だ。去年までは車で来ていたのだ。しかし今年は霧島家の隣家の塀の工事があり車を停められない、と潤の母親がわざわざ教えてくれたのだった。

祈一郎は花束に顔を近づけてにおいを嗅いで、独り言を言った。

「そんなにくさいかな。いいにおいだと思うけど」

「いいにおいだよ」

「わ」

潤の頭が花束の上に突然現れたので、祈一郎は声を上げた。

「急に出てくるなよ。びっくりするじゃないか」

「仕方ないだろう。幽霊は急に出てくるものと相場が決まっている。百合の花がどうしたんだ？」

「それなんだよ。電車の中でにおいがきつくて迷惑だったみたいだ。みんながこっちを見てくる。まさか道を歩いていても迷惑をかけているとは思わなかったよ。さっきすれ違った人も、ものすごい勢いで僕のことを見ていた。やっぱり車で来るべきだったな」

「においのせいじゃないだろう」

「じゃあ、どうして……」

「じろじろ見てたのは女性ばっかりだったろう？」

祈一郎は電車の中でのことを思い浮かべた。三人グループの女子高生は頭を寄せ合い、時々こちらを見てクスクスと笑った。中年の女性は目が合うと微笑みかけてきた。大学生ふうの女性も、何度も横目で祈一郎を見ていた。

「そうだな。女の人ばっかりだった」

「にぶいやつだな。カサブランカの花束を持っているおまえが人目を引くんだ。特に女性のな。嫌味なくらいに似合いすぎてるんだよ」

「え」

意味がわからず問いかけた時、ちょうど潤の実家がある通りに出た。

苗穂駅は札幌駅から一駅で、中心部にもとても近いのだが、霧島家のあるあたりは駅から少し離れているからだろうか、道幅も広く家と家の間も比較的広い住宅街だ。振り向くとサッポロビールの赤い星がまだ見えていた。

「おかしな気分だ。死んだ人と一緒に本人の命日に線香をあげに行くんだから」

「いつも言ってるがな、あの写真をどうにかしてくれ」

「簡単なことだろう。本人が嫌がっていると言えばいいんだ」

「そう言われても……」

「ばかを言うな」

少し声が高かった。ちょうど霧島家の玄関の前である。生け垣の陰から人が立ち上がった。手には切ったばかりのトルコキキョウの花を持っていた。潤の母、涼子《りょうこ》だった。祈一郎の声に驚いて思わず立ち上がったらしい。

「あ、ええっと。最近独り言が多くて……ははは」

「ああ、そうなの。私はあの、トルコキキョウがきれいに咲いてたから……」

と言って意味もなく笑った。変な間があったが涼子はすぐに、「さあさあ、入って」と祈一郎を促した。

居間では父親の繁《しげる》が祈一郎を待ち構えていた。

「もうすぐ始まるよ」

繁はビールを満たしたコップをちょっと上げた。テレビの前に陣取り、もう酒盛りを始めていた。

もうすぐ始まるのは野球中継だ。以前は熱烈な巨人ファンだったそうだ。だが、今は日本ハムファイターズの大ファンで、祈一郎も何度か球場にお供をしたことがある。繁の悪い癖で、相手がよほどはっきり「嫌いです」とでも言わない限り、自分と同程度に好きなのだと思い込んでしまうところがある。野球に限らず、アルコールや食べ物などもそうだ。祈一郎は相手の気持ちを慮《おもんぱか》ってはっきりと言わないことが多いので、ファイターズのファンなのだと思われている。

「今日は車じゃないんだろう？」

繁の中では祈一郎もビール好きということになっている。すでに目の下を赤く染めている繁は、空のコップを祈一郎に差し出した。もう片方の手にはビール瓶を持っている。

「先にお仏壇にお参りしてきます」

祈一郎は軽く頭を下げて、居間の奥にある仏間に向かった。

百合の花束を膝の前に置いて仏壇の中を覗く。潤が満面の笑みでフォトフレームの中に収まっている。普段は見せない手放しの笑顔なので、祈一郎も思わず笑ってしまう。

「だから、その写真をどうにかしてくれ」

潤が苦々しく言う。

「なんでその写真を遺影に選んだのかわからん。それは学祭でふざけている時のやつだ。写ってはいないが、両手にフランクフルトとチョコバナナを持って一瞬だけ踊った瞬間をだれかが撮ったんだ。許せん」

「まあ、いいじゃないか。この写真を見るとつい笑ってしまうから、少しだけ悲しみが和らぐんだ」

潤は仏頂面で、「俺は嫌なんだよ。もっと写りのいい写真がいくらでもあっただろう」と文句を言い続けている。

涼子が薄紫のトルコキキョウをガラスの花瓶に生けて持ってきた。祈一郎の隣に座って仏壇に花を供え、写真をのぞき込んで「ふふふ」と笑った。

「ほらな。こうやって親父もお袋もいつも笑うんだ」

「今日はお天気が良くてよかったですね」

祈一郎は潤の言葉を遮って言った。

「ええ。でも石狩のほうは風が強くて」

霧島家の墓は石狩にある。海のそばの霊園だ。天気が良くてもたいてい風が強いのだ。命日が休日であれば祈一郎も同行するのだが、今年は平日だったため霊園には行かず、直接実家へ来ることになった。

潤の両親は祈一郎を、まるで息子のように可愛がってくれる。潤には二歳年上の兄がいて、大雪山にある湖のほとりのネイチャーセンターで働いている。かなりな山奥にあるので、めったに顔を見せない。その上家族に愛されていた潤が死んでしまって、霧島家の寂しさはたとえようのないものだった。到底息子の代わりにはなり得ないが、祈一郎にとっても親友を失った心の隙間を埋めるためにこの家に来るのは慰めだった。

「祈一郎くん始まるよ」

繁の声を合図に涼子は百合の花束を持って立ち上がった。

「いつもありがとう。潤もあなたの顔が見られて喜んでいるわ」

「いや、こいつの顔なら毎日見てる。見飽きたほどだ」

この潤の悪態を両親に聞かせてやりたい、と思いながら祈一郎は微笑んだ。

繁は祈一郎のコップになみなみとビールを注ぎ、無言で軽くコップを上げた。祈一郎もそれにならってコップを上げ、ひとくち飲んだ。

涼子が百合を花瓶に生けて仏壇に供える。そのにおいが居間までほのかに漂ってくる。

出前の握り寿司が届き、涼子の作ってくれた煮物が供された。

三人の話題はそれほど多くなかった。潤の思い出話は何度も繰り返されたものだし、潤の兄があまり家に寄りつかない、などという話も毎度のことだ。

それだからこそナイター中継はありがたいものだった。繁が三振したバッターを罵る言葉に涼子と祈一郎は声を上げて笑った。潤の毒舌は親譲りらしい。

試合は七回の表。ファイターズが四点リードしているので、今夜も勝つだろう。繁の喜ぶ顔が目に浮かぶ。祈一郎はビールをなめるようにして飲みながら、試合の経過を見守った。

ふと潤も野球がそれほど好きでなかったことを思い出した。ナイター中継を観戦する父親は、いつも息子たちを付き合わせようとしたが、兄の智《さとし》は「僕、野球に興味ないから」と言ってさっさと自分の部屋に行ってしまう。だが、潤は最後まで父のそばで野球を見ていたという。自分がそばにいてやらなければ父が可哀想だと思ったが、時にはテレビの前で眠ってしまうこともあったそうだ。

口は悪いが、潤のそういう優しさを思い出して、祈一郎は涙ぐみそうになった。

神威岳《かむいだけ》には潤と二人で行くことが決まっていた。そのことを紗栄が知ると自分も行きたいと言い出した。

三人で行くことには、祈一郎自身あまり気が進まなかった。沢登りもあるような、初心者向けとは言い難い山だからというのもある。もっとも紗栄はまったくの初心者というわけではなかったのだが。

紗栄も行っていいかと訊くと潤は、「赤芝さんも?」と聞き返した。そしてほんのわずかな間を置いて、「俺はかまわないよ」と言った。

一瞬の逡巡は長い付き合いの祈一郎だからこそ感じたもので、普通は見過ごされるものだったろう。

潤が嫌だと言ってくれればいいのに、という思いはあった。かといって祈一郎が紗栄に、潤と二人で行くとも言えないのだった。

なぜ紗栄を同行させたくなかったのか。その理由は今もわからない。ただ、あれが虫の知らせというものなのか、と思うばかりである。

北海道の背骨と言われる日高山脈に神威岳はある。標高千六百メートル。アイヌ語で「カムイ・ヌプリ」。神の山という意味である。

神威山荘には、すでに三台の車が停まっていた。若いカップル。中年の男性の二人連れ。そしてどんなことをしたらああいう体になるのか、格闘技の選手のような男たち四人のグループだ。

日暮れと同時に眠って、明日は夜が明ける前から登り始める。みんなそういう予定であるはずだ。

　山荘は電気も水道もなく雑魚寝《ざこね》になるが、紗栄は気にするふうもなかった。荻伏《おぎふし》のセイコーマートで買った弁当と、インスタントの味噌汁で夕食をすますと、祈一郎を真ん中にして三人は横になった。

　しばらくはとりとめのない話をして、シュラフの中で身じろぎする音も聞こえていたが、紗栄の返事がなくなり、潤の口数が少なくなるといつしか祈一郎も眠っていた。

　気が付いたときには山荘の中がわずかに明るくなっていた。他のグループはまだ出発しないようだ。身支度を済ませ、潤と祈一郎は登山口のそばで紗栄を待っていた。

「やっぱり女は時間がかかるねえ。まさか化粧をしているわけでもないだろうな」

　紗栄がいないと、潤の憎まれ口は冴えるのだ。

「まさか」と祈一郎は笑った。見ると潤のザックから紐が垂れている。

「なんだ。その紐は」

　潤は背中のザックを見ようとしたが、見えるはずもなく、せっかく背負ったザックを下ろそうとした。

「いいよ。僕が見てあげる」

沢登り用の靴が入った巾着の紐が、ファスナーの横から飛び出ていた。

「お子様は手がかかるな」と祈一郎はからかった。

「ふん。なにを言う。おまえだってザックのポケットから靴下が半分顔を出してるぞ」

「え。直してくれよ」

「嘘だ」

潤の肩を小突いて笑い合っているのを、紗栄は遠くから見ていた。微笑んではいるが複雑な表情だった。

出発してからいくらもたたないうちに、すっかり夜は明けて朝日が昇ってきた。予報通り、今日は一日晴天のようだ。

山行は徒渉《としょう》、ガレ場、藪漕《やぶこ》ぎが幾度となく繰り返される噂通りの上級者向けのルートだった。紗栄は二人に気を遣わせまいとしているのか、どんな悪路も速度を落とすことなくついてくる。こちらとしては、もし紗栄がきついようであればペースを合わせるつもりでいたのだが。

河原からは神威岳の山頂がちらりと見える。三人は立ち止まって一斉に、「おお」と声を上げた。沢の美しさはたとえようもなく、流れる水は音楽を奏でているようだった。下調べで見た画像よりも水量が多いのが気になったが、水は濁っていないし、この数日は雨も降っていないので特に心配もしていなかった。

途中、みごとなトリカブトの群落を見つけた。鮮やかな青紫色の花は、野山で出会うとはっとするほど美しい。こんな美しい花の葉や種や蜜まで、すべてが猛毒だとはちょっと信じがたい。

祈一郎はさっそくカメラを取り出して撮影を始めた。潤と紗栄は少し離れたところで祈一郎の撮影が終わるのを待っていた。

せせらぎと一緒に二人の会話が聞こえてくる。二人はそれほど親しくはないのだが、同じ大学でもあるし、先日、教員採用試験の二次試験が終わり、発表を待つばかりになっているので、そんなことを熱心に話していた。

当然のことながら、二人とも祈一郎と話す時とはまったく違っていて、自分には見せたことのない顔をしていた。それで少し焼き餅を焼いたのかもしれない。

トリカブトの撮影が終わると祈一郎は、「行くよ」と声をかけ、歩を進めた。何度目かの徒渉だった。一歩足を踏み入れると思いの外深く、流れも急だ。

紗栄には、この流れはきついかもしれない。もっと川幅が広くて浅く、渡りやすいところを探すべきだろうか。相談するために戻ろうとして振り返ると、潤が紗栄の手を取って渡るのを助けていた。

祈一郎は少し不愉快になってザブザブと水を分けて進んだ。対岸に着き、二人の到着を待つためにもう一度振り返ると、潤と紗栄はまださっきの場所にいた。潤が紗栄のザックを持ってやることになったらしい。

潤は紗栄のザックを胸の前で抱え、紗栄の後ろから沢を渡り始めた。真ん中まで来た時、紗栄が大きな岩をよけて下流のほうへ進もうとした。

「あ」と祈一郎は思わず声が出た。あの岩の下流は深くなっているのだ。

「紗栄ちゃん」と声を張り上げた。しかし水音にかき消されて祈一郎の声は届かなかった。

紗栄はどうにかその深みを渡っていた。続いて潤も渡り始める。その時、潤がバランスを崩した。大きく手を振って体勢を整えようとしたが、足は水にさらわれてしまった。数メートル流されて岩に当たり、潤の体は止まった。そこはもうそれほど深くないはずだ。だが潤は起き上がらなかった。

異常を察知した紗栄がすぐさま水に飛び込んだ。祈一郎も沢に躍り込むようにして入り、潤のもとへ向かった。

紗栄は潤の体を水から引き上げようとして、何度も転んだ。二人分の荷物を持ち、水にどっぷりと浸かった男の体は相当な重さになっているはずだ。

ようやくたどり着いた祈一郎も、紗栄と一緒に潤のザックに手をかけて体を引き起こした。水が血の色に染まっている。どこから出血しているか、まったくわからない。とにかく潤の体を岸に上げようと必死だった。

紗栄は頭から血を流していた。潤を助けようとした時に岩にぶつけたのだろう。だが沢を染めた血は紗栄のものではないはずだ。あれはかなりの量だった。

土の上に寝かせ名前を呼ぶと、かすかに返事をした。出血の場所を探し当てて、祈一郎は息を吞んだ。背中側の襟元から胸のほうに向かって小枝が刺さっている。小枝といっても祈一郎の親指の倍の太さはある。その枝がどのくらいの深さまで刺さっているのかは見当がつかない。ただ、枝を抜いてはならないことだけはわかる。

「紗栄ちゃん。潤を登山口まで運ばなきゃならない。手を貸してくれるね」

頭から血を流し、全身ずぶ濡れで震えている紗栄に、そんなことを頼むのは酷なことだとわかっている。

気を失いそうになっていた紗栄は、目に生気を取り戻し力強くうなずいた。

八回に一度追いつかれたファイターズだが、九回裏でホームランが出て勝利を決めた。繁の雄叫びと、画面の中から聞こえてくる歓声が一体となって、霧島家のリビングも大いに盛り上がっている。

繁は祝杯を上げるために、もう一本ビールの栓を抜いた。

「それで最後よ」と釘を刺す涼子は、けっこう酒が強いのでかなり飲んでいるわりには顔色は変わっていない。祈一郎はちびちびと飲んでいたのだが頰が熱くなってきた。

ヒーローインタビューなども熱心に聞いて、繁は自分なりの批評を涼子に語って聞かせている。涼子のほうもこうやっていつも聞かされていたのでは、嫌でも詳しくなるのだろう。野球評論家のような口調で繁とやり合っていた。


潤を背負って下山しようと、祈一郎と紗栄は悪戦苦闘していた。ここは携帯が通じない場所なのだ。そうする以外に方法はなかった。だが息も絶え絶えの潤を、どう背負っても傷口を広げてしまいそうだった。

「紗栄ちゃん。ここで潤を見ていて。なるべく暖かくしてやって」

祈一郎は自分が着ているウエアを脱いで紗栄に渡すと駆けだした。

「助けを呼んでくる」

振り向かずにそう叫んだ。

山荘で会った登山客があとから登ってきているはずだ。全力で下り、どのくらい走ったのか気を失いそうになった頃、運良くあの屈強な男たちと出会った。その中でも足に自信のある男性が、祈一郎からバトンを受け取ったかのように走り出した。牡鹿のような走りだった。

彼が山荘に着いたら携帯の電波が届くところまで車を走らせ、ドクターヘリを呼んでくれるだろ。だから大丈夫だ、と彼らは励ましてくれた。

その言葉の通り、潤のもとでそう長くは待たずにドクターヘリは到着した。

だが潤は翌日息を引き取った。

頭の傷の検査で入院していた紗栄はそれを聞いた時、涙も出ないという態で放心していた。それは駆け付けた潤の両親も兄の智も、そして祈一郎も同じだった。

その夜、病院のベッドでようやく口を開いた紗栄は、「私のせいね。私の荷物を持っていなかったら、あんなふうにバランスを崩すこともなかった」とそれだけを言った。

「紗栄ちゃん」

祈一郎は紗栄の手を握った。ひどく冷たい手だった。

翌朝、紗栄のベッドは空っぽだった。どうやったのかわからないが、家族が家にいない隙をついて荷物を持ち出し、いなくなってしまった。

それ以来、紗栄に似た人を見かけたという情報は何度かあったが、実際に会ったのは辻明日美だけなのだ。


「祈一郎くん。今度はクリスマスに来てくれ。みんなでケーキを食べよう」

暇乞《いとまご》いをした祈一郎を玄関まで見送ってくれた繁が言った。

「気にしないでね、祈一郎さん。お友達とパーティーをやってちょうだい。私たちみたいな老人と辛気くさいクリスマスなんてやることないから」

そう言って涼子は繁をちょっとにらんだ。

「いやあ、パーティーなんて……」

言葉を濁して玄関の把手に手をかけたが、訊ねたかったことを思い出した。

「あのう、潤が小学校の先生になろうと思ったのは、やはりおじさんが先生だからですか？」

繁は中学校の先生だった。管理職にはならずに退職まで数学の先生をやっていた。

「うーん。どうかな。もちろん俺は教師になれ、なんて言ったことなかったし、将来どんな仕事につくかなんて話は、潤としたことがなかったな。教育大を受験するって聞いて初めて、ああそうなのか、って思ったくらいで」

涼子が少し驚いて、「あら、知らなかったの？」と言った。

「あれは潤が中学二年の時だったかしら。急に真面目に勉強を始めたのよ。『どういう風の吹き回し？』ってからかったの。あの子、お兄ちゃんと違って家で勉強しているのを見たことがなかったから」

「勉強しなくても、そこそこの成績だったしな」

「そうなのよ」

涼子も繁に同意した。

「あの子はそういう子なんだって思ってたわ。要領よく生きていく子なんだって。でも私がからかうとすごく真剣な顔で、『俺、小学校の先生になるから』って言うの。びっくりしたわ。理由を訊いたんだけど言わないのよ。それで智に訊いたら、友だちの妹が学校でいじめにあって、家族で引っ越していったらしいの。かなりひどいいじめだったらしいんだけど、学校は隠していたからニュースにもならなかったし、私たちも知らなかったんだけど」

「そうだったんですか」

見た目とは違って、正義感の強い潤らしい話だと思った。どうして小学校の教師になろうとしていたのか、本人は思い出せないと言っていた。それどころか子供が大嫌いだということを思い出したという。

祈一郎から見ても、潤は先生に向いていない気がする。小学生の前で教壇に立つ潤を想像してみるが、やはりうまく像が結ばない。

祈一郎は暇を告げ、再び苗穂駅に向かった。サッポロビール博物館の営業はとっくに終わっているが、レンガの建物はライトアップされていた。大きな煙突に書かれた「サッポロビール」の白い文字と赤い星のマークがレトロな映画の世界のようだ。

潤は野球中継に飽きて、途中からどこかに行ってしまったが、この寂しい夜道を、なにも言わずとも一緒に歩いてくれたらいいのにと思う。

人通りの絶えた街角に、遠く電車の音が響いていた。

3

「いや、そうじゃないと思うよ僕は。違う。違うんだ」

赤芝がサボテンを持ち上げてぼそぼそと話しかけている。そそっかしい奈々が、しょっちゅう赤芝には見えない潤に話しかけるので、赤芝も自分の友だちであるサボテンと話をしても構わないと判断したようだ。それでも多少の遠慮はあるようで、話しかける時には小声になる。

奈々が気遣わしいのか、気味悪いのか判断のつかない顔で赤芝を見ていた。たぶん両方なのだろう。

この数週間、赤芝はとても追い詰められていた。『カフェ・ブラン』の内装について何度提案し直しても、変更を求められるのだ。一度はオーケーが出ても、翌日になってやっぱり気に入らない、と言ってくることも一度や二度ではなかった。

赤芝が長いため息をついた。サボテンの鉢を両手で持ち、そのまま頬ずりしそうだった。

「『カフェ・ブラン』の施主さんは、だいぶ気むずかしい人のようだね」

祈一郎が見かねて声をかける。

「アイディアはもう出尽くしました。僕の頭の中はもう空っぽです」

「おまえの頭なんか、前から空っぽだろうが」

潤がソファで寝転んだ体勢で言う。いつものようにリリアンも一緒に寝転がっている。

「潤さん。その言い方はちょっとひどいです。赤芝さんは本当に悩んでいるんですよ」

　祈一郎は心の中で、「あー」と呻いた。ただでさえ悩んでいる赤芝を、さらに混乱に陥れる言葉だ。

「えっ。ジュンがなにを言ってるの。ひどいな。なんて猫だ」

「いいか赤芝。言ったのは俺だ。それからリリアンをジュンと呼ぶのはいいかげんにやめろ」

「僕は……ジュンにも嫌われて、もうどうしていいかわからない」

「赤芝くん。きみのことを嫌っているわけじゃないよ。安心して」

「いいえ。前から嫌われているのはわかってました。僕のそばにぜんぜん寄って来ないじゃないですか」

「そりゃあ、おまえがむさ苦しいからだ。いくら洋服に気を遣っても、おまえに染み込んだその暑苦しさから臭ってきそうなダサさを、リリアンは本能的にさけているのがわからないのか」

『潤、もうやめてくれ。これ以上口を出すと、奈々ちゃんがまた余計なことを言ってしまう』

祈一郎は精一杯怖い顔をして潤を制した。だが奈々には聞こえていなかったようで、「猫ってだいたい男の人が嫌いなんですよ」などと赤芝を慰めている。

「そうだよ。特にサボテンと喋る男が嫌いなんだよ」と潤はリリアンを抱きしめて頬ずりした。

「どういうカフェにするのか、施主さんのほうで決まっていないということなんだね」

無理やり話題をそちらへ戻した。

「そうなんです。それで相談にのろうとすると、『いや、こっちで決めるから』とか言って、とっても気むずかしいおじいさんなんです」

奈々は昨日の打ち合わせについて行ったので、様子がわかっているようだ。

「それで昨日になって初めてわかったんですけど、共同経営者がいるんですよ。それをいままで隠していたんです。だから言うことに一貫性がなかったんです。で、昨日は、もうびっくりするようなことを言い出したんですよ」

それまでぷりぷり怒っていた奈々は急に笑い出した。

「カフェの名前を変えるそうです」

「名前を？」

「はい。『喫茶ともだち』って」

祈一郎も思わず吹き出した。

「琴似駅前のビルの地下だよね。そういう雰囲気の場所じゃないと思うけどね。今迫さんだったっけ？　真面目に言ってるの？」

赤芝はサボテンを置いて背中を伸ばした。落ち込んでいる場合じゃない、と自分を奮い立たせているようだ。サボテンに弱音を吐いたので元気が出たのかもしれない。

「真面目とかいう問題じゃないんですよ。『喫茶ともだち』にする、って口では言ってるけど、自分ではぜんぜん納得していないみたいなんです。たぶん共同経営者が強く主張しているみたいで、とにかく打ち合わせのあいだはいつも不機嫌なんですよ。どういう喫茶店にしたいのか、何度訊いても投げやりな答えしか返ってこないんです」

「その共同経営者は打ち合わせに出てこないの？」

「ええ、一回も来たことはないですね」

祈一郎は顎に手を当てて、椅子をくるりと回転させた。

「共同経営者を引っ張り出さないと、先へは進まないね」

こんな面倒なクライアントは断ってしまっていいよ、と言いたいのだが、初めて赤芝が任された仕事であるから、できることなら最後までやらせてあげたい。

「今度の打ち合わせはいつ？」

「来週です」

「それじゃあ『喫茶ともだち』という名前にした意図を説明してもらわなければ困ると少し強めに言って、その共同経営者を同席させるように頼んではどうかな」

「ぼ、僕にそんなことができるかな」

赤芝は頬を紅潮させ、鼻の頭の汗を拭った。

「大丈夫ですよ。ガツンと言ってやればいいんです」

奈々が勇ましく言う。

赤芝は電話機の前で、両手で握り拳を作って呼吸を整えている。

「そうだ。赤芝がんばれ」

潤の無責任なヤジが飛ぶ。

「あ、今迫さんですか。私、クサバ企画の赤芝です。先日、変えられたカフェの名前の件なんですが……」

袖口で汗を拭いながら懸命にこちらの要望を伝える。自信なさそうだったが、なかなかやるじゃないかと思った時、赤芝は受話器を置いた。

祈一郎と奈々が固唾を呑んで赤芝の言葉を待つ。

「だめでした。断られました」

「わははは」

潤が大爆笑する。

祈一郎よりもはやく奈々が、キッとにらみ付けた。

「今迫さん、なんて言ってたんですか？」

「喫茶店の名前なんかどうだっていいだろう。さっさと新しい案を出してくれ、って」

「ひどい」

「僕はもう、今迫さんが本当にカフェをやりたいと思っているとは到底思えません。なにを考えているのかまったく理解できません。僕が悪いんでしょうか？　僕のやり方が今迫さんは気に入らないということなんでしょうか？」

縋《すが》るような目で祈一郎を見上げる赤芝に、潤が言った。

「気の毒だが赤芝。おまえのデザインがどうなのかは知らん。だけどおまえがかもし出す雰囲気のセンスのなさが致命的なんだよ」

潤は、さも気の毒そうに芝居がかった調子で言うと、なぜかリリアンを高く掲げてくるりと回った。

4

黒崎の軽自動車が玄関前に横付けにされたのは、今迫がちょうど朝食を終えた時だった。

こんなに朝早くだれなのだろう、と妻の和代《かずよ》が警戒するように居間の窓からレースのカーテン越しにのぞいた。

「黒崎さんよ」

そう言うと同時に呼び鈴が鳴った。

今迫は立ち上がって玄関に向かう。いよいよこの日が来たか、と肚に力を入れた。

思ったとおり、黒崎は怒りのためにどす黒い顔をしていた。

「説明……してもらおうか」

低く押し殺した声に、今迫はわずかにひるんだ。

「なんのことだ？」

なるべく黒崎を刺激しないように穏やかに言ったつもりだった。しかし黒崎は、

した。

和代が心配して玄関にやって来た。今迫は「外で話そう」と一旦黒崎を家の外に出

「どうしたの？」

「とぼけるのか」と声を荒らげた。

「いや、ちょっとした行き違いだ。たいしたことじゃない」

今迫はセカンドバッグに財布や携帯電話を入れて家を出た。

黒崎は車の中で待っていた。ハンドルに手をかけ、イライラと指先を動かしている。今迫が助手席に乗ると、「俺の家に行こう」と乱暴にアクセルを踏み込む。

黒崎の家は西野の奥にあった。西野はきれいな住宅街だが、奥の方は山が迫っていて庭先に蛇が出るのは日常茶飯事だ。狐や熊も出ると言われている。

何度か行ったことがあるが、黒崎の家はまさにそんなどん詰まりにあり、裏は草深い山だった。その裏庭で吉田と三人、バーベキューをしたことがあった。

黒崎の家の前庭と裏庭は、すべて野菜畑になっていた。冬の間食べる野菜はほとんど自分で作ったものでまかなっている、と自慢げに話していたのを思い出す。

車は琴似駅前を通り抜け琴似発寒川を渡る。山の手の住宅街を過ぎるとしだいに坂道が多くなってくる。道幅が広くなって住宅がまばらになり、郊外型の大きな店舗が

並んでいる。そこを過ぎてしばらく行くと西野の住宅街である。

黒崎の家はその奥にあるちょっと変わった小さな家だ。聞くところによると手作りらしい。

独身の黒崎は、若い頃から気ままな暮らしをしてきたという。夏は北海道の沿岸で昆布干しや漁の手伝い。夏には沖縄でサトウキビ刈りのアルバイト。他にはレストランやホテルでも働いたのだそうだ。

なにをやらせても器用な黒崎は、やはり器用な友人の助けを借りてログハウス調の家を建てたのだ。

「入ってよ」

車の中でずっと無言だった黒崎がぶっきらぼうに言う。

家の中は広いワンルームで、梯子の掛かったロフトが寝室代わりになっている。暖炉ふうの石油ストーブの前にはロッキングチェアが置いてあり、冬にはさぞかし山小屋の気分を味わえるだろう。

今迫が座ったのは、そんなロッキングチェアの後ろにある大きなテーブルセットの一角だ。

黒崎は今迫の向かいに座り両手を組んだまま、なかなか喋ろうとしない。今迫も無表情を崩さぬように辛抱強く待った。

「あんた俺のこと騙していたな」

「まさか」

想定していた言葉なので即座に答えた。

「昨日、北成《ほくせい》ビルに行って来たんだ」

北成ビルは『カフェ・ブラン』を開業する予定だったビルの名前だ。

「開店準備がぜんぜん進まないからさ。どうなってるんだと思って、なんとなく寄ってみたんだ。そしたらなんとかいうスナックになってた。俺、びっくりしてさ、まだ開店時間の前だったから、ドアの前をうろうろしてたんだ」

すると見知らぬ若い男がやってきて、やはり驚いたようにうろうろしている。聞くと『クサバ企画』の者だと名乗る。この場所のカフェの内装を事務所が依頼されているが、どういうことだろうと反対に質問されたのだった。

「どういうことなんだよ」

黒崎の目が血走っていた。

「なんだ、そのことか。前に言ったじゃないか。場所を変えるって。黒崎さんが料理を出したいっていうからさ。そういう店だろう？　昼はランチがあって、夜は酒も出すけど料理がメインっていう。それなら店舗が地下っていうのは、ちょっと違う気がするって、俺、言ったよね」

そういう話はたしかにした。黒崎も覚えているはずだ。

「だから琴似駅の周辺で地上にある店舗を探すよ、って俺言ったはずだけど」

これは嘘だった。一応あちこちの不動産屋に声はかけているが、あまり真剣に探していないし、黒崎にも言ってない。

黒崎は記憶をたどるように宙に目を遣ったが、首をひねって口を尖らせた。

「じゃあ、どうして内装をあのデザイン事務所に頼んでいるんだよ。店が決まってから頼むのが普通じゃないのか」

『クサバ企画』に内装を依頼したのは、北成ビルの店舗を本契約する直前だ。吉田がまだ生きていた頃で、北成ビルの地下は二人が考えるカフェにぴったりの場所だった。

「なかなかいいとこが見つからないからさ、琴似以外でも探しているんだ。時間がかかりそうだから、先に内装を考えておいたほうがいいと思って」

ちょっと苦しいが、すべてはポーズなのだ。開業に向けて一生懸命にやっている、という姿勢を黒崎にも吉田の遺族にも見せておかなければならない。

吉田が知床の紅葉狩りツアーで船から落ちて亡くなって、もうすぐ一年がたつ。遺体は三日後に知床岬の沖で発見された。妻の静子《しずこ》と一人息子の拓也《たくや》は、吉田亡き後の悲しみに一区切りをつけると、黒崎と二人でぜひカフェを開業して欲しいと言ってきた。吉田がやろうとしていたカフェを友人である二人がやってくれれば、あの世の吉田も喜んでくれるに違いない。出資したお金は、そのまま開業資金に使って欲しいという。

遺族の願いがあくまでも黒崎と二人で、ということなのが今迫にとっては我慢ならなかった。表面上は了承したが黒崎と共同で経営するのは、なんとしても避けたい。とはいっても、自分一人で開業するには資金がやや足りないのだ。吉田の金がぜひ必要だった。

そこで黒崎に自ら身を引かせるという作戦に出たのだった。いろいろなことを中途半端にやってきた黒崎だ。開業がなかなか決まらなければ、嫌になってやめると言うに決まっている。それを待つことにした。

黒崎は納得いかない顔だったが、どうにか怒りの矛を収めたようだった。

「これからは俺も一緒に内装を決めるよ。それからカフェの場所もね。俺も探すことにする。静子さんだって、カフェはいつオープンするの、ってこの間も訊いてたよ。

静子さんのためにも早くオープンさせたいよ」

黒崎は台所へ行ってコーヒーを淹れ始めた。

「この間って？」

今迫はその背中に訊く。

「先週だよ。それで北成ビルに見に行ったんだ。俺もいろいろと忙しかったからな。あんたに任せっきりにして悪かったよ」

これからは自分もオープンに向けて積極的に動いていくことにする、と黒崎は宣言するように言った。その言葉の陰に吉田の妻、静子のなんらかの働きかけがあったことを感じさせる。

近頃、黒崎は頻繁に吉田の家に出入りしているのではないだろうか。静子の口から、いついつ黒崎が来たという話をよく聞くようになった。以前から黒崎の静子を見る目が気になっていたのだ。

黒崎とは付き合いたくない。自分がカフェから手を引こうか、と真剣に悩んだこともあったが、吉田の妻の身が心配でそれは思い直したのだった。

「ああ、それとカフェの名前だけど」

黒崎は今迫のいいかげんな説明に一応納得したのか、機嫌を直したようだった。

「俺は『喫茶ともだち』にしろなんて言ってないよな。『カフェ・ブラン』はなんだか『ブラン』っていうのがイマイチだな、とは言ったけどさ。デザイン事務所の人が、カフェの名前を変えるんですってね、なんて言うからこっちがびっくりしたよ。たしかに俺たちの友情を盛り込んだ名前はどうかなとは言ったけど」

『カフェ・ブラン』は吉田と一緒に決めた名前だ。真っ白な気持ちでいろんな人たちと知り合って仲間の輪を広げられるように、という意味だ。それを貶《けな》されて腹が立った。おまえにはフランス語がわからんのだ、と怒鳴ってやりたかった。

「ところでさ。黒崎さんが見たっていう怪しい男のことだけど」

黒崎はぎょっとして飲もうとしていたコーヒーをこぼした。

「あれは勘違いだったたって言っただろう」

吉田の納骨が終わった頃、黒崎は突然怪しい男の話をした。三人で行った紅葉狩りツアーの船で、吉田がその男と話をしていたというのだ。警察から事情を聞かれた時に、なぜ言わなかったのかと言うと、その時は忘れていたという嘘くさい言い訳をした。

もともと今迫は黒崎を疑っていた。吉田の妻に横恋慕していると思っていたし、吉田の家は経済的にかなりゆとりがある。裕福とはいえない黒崎が、静子と吉田の財産の両方を狙っていたというのは充分に考えられる。

吉田は事故死ということになったが、黒崎のような男ならやりかねない。そこへ持ってきて、怪しい男がいたという取って付けたような目撃証言だ。

「だけど見たのはたしかなんだろう？　やっぱり警察に言ったほうがいいと思うな」

そしてお前が捕まってしまえ。今迫は自分の腹から出てくるどす黒い感情を飲み下すように、一気にコーヒーを呷《あお》った。

5

心なしか海のにおいもするようだ。さっきから吉田に吹き付けている風は、たぶん知床の風なのだろう。時折その風に乗って、カモメの白い翼がさっと横切る。

「そこは知床ですか？」

潤はなんとはなしにそう訊いた。実際は琴似の駅前通を歩いているのだが、吉田の周りだけ海辺のようだったからだ。

「そうなんだ。僕がこの世で最後にいた場所だからね。なんかこう、親しみがわくというか、懐かしいというか。最後に見た景色は知床の海の中でね、ものすごく青かった。きれいな海だったよ」

「事故だったそうですね。ほんとうにお気の毒です」

「うん。やりたいことがまだまだ一杯あったのになあ」

「カフェとか、ですね」

吉田はうなずいてビルの看板を見上げた。北成ビルである。地下一階には『スナック蘭蘭』という店名が入っている。

「スナックになっちゃいましたね」

「やっぱり地下じゃないほうがいいんだ。賃料はちょっと高くなるけどさ。場所は大事だよ。雄ちゃんはよくやってくれてる」

「雄ちゃんって今迫さんのことでしたっけ。あの人、カフェをやることにあまり乗り気じゃないみたいですね」

「そう？」

吉田は天然なのか、それとも本当は気付いていて知らぬ振りをしているのか、そんな暢気《のんき》な返事をした。

「雄ちゃんは真面目なんだよな。なんでもきっちりやらないと気が済まないんで、はたから見るともたもたしているように見えるんだ。だけどしっかりした人だよ。黒崎さんもああ見えて真っ正直で、それでいて器用で要領がいいんだ。だから二人はとてもいいコンビだと思うよ。きっとカフェも繁盛するよ」

二人の仲が悪いことをどう思っているのか、吉田の考えはあくまでも楽観的だ。

「静子も最初は反対していたけど、今ではカフェのオープンを楽しみにしているんだ。なんかね、それが心の支えになっているみたいなんだよ。全部黒崎さんのおかげなんだ」

黒崎はカフェの経営に反対していた静子を説得した上に、気持ちをカフェに向かわせることで、吉田を失った悲しみを乗り越える手助けをした。大切な友人をいつまでも忘れないように、カフェには吉田の意向をたくさん取り入れて、モニュメントのようなカフェにすると約束した。ただ静子の悲しみは深く、立ち直るのに一年近くを要したのだった。

今迫に開業のこまごましたことをすっかり任せてしまっていたのも、そんな事情からだった。

「二十年くらい前かな。静子と知床に行ったんだ」

吉田は幸せそうな遠い目をした。彼の周りで吹く風は、明らかにそこだけ知床の風だった。透明で刃物のように鋭く清らかな風だ。

「やっぱり観光船に乗ってねえ」

その言葉を合図にしたかのようにカモメが飛んできた。吉田の目の前を横切り、頭の上で滑空したあとひらりと翼を翻してどこかに飛び去った。

「乗り場のところでかっぱえびせんを売っていたんだよ。カモメの餌《えさ》って書いてあるんだ。カモメの餌だよ。嘘だろうって思ったけど、一袋買って船に乗ったんだ。えびせんは僕も静子も大好きだからね。自分たちで食べてもいいと思った。それでデッキで景色を見ていると、カモメがたくさん飛んでくるんだ。それで僕たちはこうやって……」

と吉田は親指と人差し指を突き出して目の高さに上げた。指には、いつの間にかかっぱえびせんがつままれている。デッキで受ける風は吉田のコートをはためかせ、いよいよ強く吹いている。船のスピードはかなり速いのだろう。

そこへまたカモメが飛んできた。カモメはうまくスピードを合わせ、指先のえびせんをくわえて飛び去った。

吉田は何度も何度もえびせんを差し出した。そのたびにカモメはどこからともなくやって来て、実に上手にえびせんを持ち去るのだった。

「楽しいんだ。これが」

本当に嬉しそうに笑った。そばに静子がいるかのように幸福そうな笑いだった。

「だけどね」

吉田は真顔になって声をひそめた。

「今はやっちゃいけないんだ。生態系の保護だとか海洋汚染の防止のためだそうだ。まあ、そういう理由ならしょうがないよね。ほんと残念なんだけどさ」

その時、吉田の後ろから黒い影が近づいてきた。ぎょっとして振り返った吉田の顔は、どう形容していいかわからないほど複雑な、不思議な表情だった。

恐れているようにも、恥じ入っているようにも見える。

黒い影は大人の男のように、潤には思えた。

6

「よかったですね。どんどんアイディアを出して、今迫さんを唸らせてやりましょうね」

奈々は乾杯でもするように、炭酸水の入ったグラスを掲げた。

「赤芝くんの腕の見せ所だね」

祈一郎が言うと赤芝は赤くなって頭を下げた。

「ありがとうございました。祈一郎さんが共同経営者の人と会ってくれたおかげで、ようやく話が進みました」

「いやあ、たまたまなんだよ。近くまで行ったんで寄ってみたら、男の人があのビルの地下で行ったり来たりしていたんだ。『カフェ・ブラン』になるはずの場所が、蘭蘭とかいうスナックになってたんで、びっくりしていたら向こうから声をかけてきたんだ」

「その人が共同経営者の黒崎さんっていうのね」

葦田真知子が、『ノルテ旭ヶ丘』のルバーブタルトを頬張りながら言った。まるで事務所のスタッフのように、ここにいるのが当然という感じで違和感がない。なぜか仕事の話にも自然に入ってくる。

赤芝の仕事が仕切り直しになったので、励ますためにお茶会をしよう、と奈々が提案したのだ。午後になり、奈々がプリンを買いに出かけようとすると、ちょうど真知子がやってきた。タルトを買ってきたので一緒にお茶にしないかと言う。

奈々は飲み物の準備をしながら、祈一郎に囁いた。

「どこかに盗聴器があるんでしょうか」

「まさか」

と祈一郎は返したが、盗聴器がないのなら真知子は超能力者ということか。

「黒崎さんが言うには、いままで忙しかったので今迫さんにすっかり任せていたんだそうです。なかなか開業準備が進まないし、あまり報告もしてくれないのであのビルに行ってみたんだそうだ」

「びっくりしたでしょうね。そこがもう別のお店になっていたなんて」

真知子はにこにことときれいなピンク色のタルトを口に運ぶ。

「ええ、すごく怒っていましたけど、まず今迫さんとちゃんと話をしたほうがいい、って言ったんです。店の名前も二人が納得するものにしたらどうですか、って」

そのあとすぐに、琴似駅前で理想的な物件が見つかったという報告を黒崎からもらった。一階にあり、広さも場所も申し分のないものだ。今迫とカフェのコンセプトを最初から検討しなおすことにしたという。

そして先日、その打ち合わせに赤芝は行き、デザインの方向性もしっかりと共有できた。それで赤芝は張り切っていた。

「店の名前はもう一度考えるって言ってましたけど、今迫さんと黒崎さんは、やっぱりあまりうまくいってないようなんです。それで共同経営なんてできるんでしょうかね」

『カフェ・ブラン』にはもう一人、共同経営者がいたことを潤から聞いた。吉田栄多郎という三人のまとめ役のような人だったらしい。昨年、事故で亡くなってしまい、もともとうまくいっていなかった今迫と黒崎の仲はますますこじれ、カフェ開業の準備もまったく進まなくなっていたのだ。

「私もこのあいだ初めて黒崎さんという人に会いましたけど、怖い感じでしたね」

「僕もちょっと怖かった。サングラスをして革のジャンパーを着てるんです」

赤芝と奈々はうんうんとうなずき合う。

「ぱっと見はそうだけど、話をしてみたらそうでもなかったでしょ」

祈一郎は黒崎の小さくて少しつり上がった目を思い出した。全体から受ける印象とは違って、正直そうで優しげな目だったように思う。しかし赤芝と奈々の印象は違ったようだ。二人とも首をぶんぶんと横に振った。

「今迫さんは、物腰の柔らかな人だと思っていたんですけど、黒崎さんになにかを言う時には言葉に棘《とげ》があるんです。それに答える黒崎さんも、けっこうきつい言葉を返してました」

赤芝はその時の張り詰めた空気を思い出したのか、身震いした。

「あら、酸っぱかった？」

赤芝の身震いを勘違いした真知子が言った。

「酸っぱいけど、美味しいです」

押しの強い女性に弱いようで、赤芝は小さな声で返事をする。

「ルバーブのタルトなんてとっても珍しいですよね。私、このちょっと酸っぱいところが大好きなんです」

奈々も笑顔で続ける。

「生のルバーブはめったに売ってないんですけど、あったら必ず買ってジャムにするんです。でもタルトにするとさっぱりしていて、こんなに美味しいんですね」

「あら、奈々ちゃん、ルバーブ好きなの？　じゃあ、お庭で育ててみようかしら」

真知子は自分の家の庭を振り返った。どのあたりを菜園にするか考えているようである。奈々も振り返ったが眼差しは宙を見上げていて、収穫されたルバーブを自分がもらう姿を夢想しているような目つきだった。

「そういえば、さっきいいことがあったって言ってませんでした？」

「そうなのよ。それで皆さんにも幸せのお裾分けをしようと思って」

プリンにしようと思ったが、ピンク色のタルトがとてもきれいだったのでと微笑んだ。

「娘の旦那さんが札幌に転勤になることが決まったの。それでここで一緒に住むことになったのよ」

真知子の一人娘、毬恵《まりえ》は東京で結婚して、子供も出来たと聞いている。いままでひとり暮らしをしていたが、娘夫婦や孫と暮らせるならそれは賑やかで嬉しいことに違いない。

真知子は二人の孫と一緒に、大通公園のホワイトイルミネーションを見るのが楽しみなのだそうだ。孫自慢を控えめに披露したあと、「さ、お仕事の時間ですね。がんばってくださいね」と言って赤芝の肩を軽くたたいた。赤芝はちょっと大げさではないか、と思うほど前のめりになる。

真知子が帰ったあと、赤芝は相撲取りのように両頬をたたいて気合いを入れた。腕組みをして新たに決まったカフェの図面をにらんでいる。鼻の頭には汗をかいているし、時折うなり声も上げている。

「赤芝くん、ほら、せっかく美味しいお菓子を食べたんだから、もうちょっと力を抜いて楽しい気分で仕事したらいいと思うよ」

「祈一郎。おまえがまともなアドバイスをするのって初めてじゃないか。この暑苦しい男をどうにかしてくれよ」

突然現れた潤が、赤芝と祈一郎の間に割って入った。

「僕なんかは力がふっと抜けた時に、アイディアが閃くことが多いよ。閃いた時に、ぱっと目の前が明るくなるんだ。そういう時のデザインって不思議とクライアントも見た瞬間に、同じような明るい顔になるんだな。そんな時、僕はこの仕事を……」

「はいはい。やっててよかったなと思うんだな。そんな脳天気な話を真に受けるやつがいるかよ」

「やっててよかったな、と思うんだ」

祈一郎が言うと、「そうですか。ぱっと目の前が明るくなるんですね」と赤芝は、あたかもいいアイディアが浮かんだかのように表情を輝かせた。

「いるのかよ」

潤は呆れた、というように肩をすくめ、リリアンを抱き上げて二階に上がっていった。

赤芝はしかし、いよいよ力んで図面を食い入るように見つめ、鉛筆を握りしめた。

「わ」

祈一郎と奈々が同時に小さく叫んだ。二階に行ったと思っていた潤が、すぐそこにいたのだ。赤芝はそんな二人には気付かずに仕事に熱中している。

「辻明日美が実家に帰っているらしい」

言い忘れたことを言ってしまうと、潤はまた二階に戻っていった。

「辻さんが実家に……」

祈一郎が思わず繰り返すと、赤芝は顔を上げた。

「辻さんって、明日美さんのことですか？　実家に戻っているんですか？」

「うん。たしかなことはわからないけど、そんな噂があるような……」

情報源が潤だとも言えず、祈一郎は曖昧に答えた。

「辻さんはどこか悪いのでしょうか？　なにか事情があって戻って来たんでしょうかね」

「僕も詳しいことはわからないんだけど」

なにせ今聞いたばかりなのだから。

姉の紗栄と仲の良かった明日美は、赤芝のことを可愛がってくれた。特に紗栄が失踪した時には、まだ中学生だった赤芝を親身になって心配してくれたという。

「辻さんのところへ行ってみようかと思うけど、赤芝くんも一緒に行くかい？」

「はい」と答えた赤芝は沈鬱な顔をしていた。

7

吉田の頭上には今日もカモメが舞っていた。そのカモメが見えるのかどうか知らないが、吉田は気持ちよさそうに風に吹かれ、遠くを見ていた。

「知床の海ですか？」

潤は訊ねた。

「そうなんだ。いい風が吹いている。なんだか自分が空を飛んでいるような気がするよ」

それはきっともうすぐ成仏するからでしょう、などと憎まれ口をきく気にはなれない。吉田は実に心根の優しい人だった。だれかが吉田を傷つけようとして悪意のある言葉を吐いても、逆にそんな人を気の毒がるような善人だった。

「黒崎さんと雄ちゃんが、仲直りしてくれてほんとうに良かったよ」

吉田はにこにこと、潤には見えない空か海かカモメを見ている。

「仲直り、しましたかね」

「今日も二人は一緒にご飯を食べるらしいよ。黒崎さんの家でさ。ジャガイモを収穫して裏庭で焼いて食べるんだって。とれたてのジャガイモは美味しいからねえ」

野菜と燃料を黒崎が用意し、今迫は肉を買っていくことになっているらしい。どうやら吉田はそのバーベキューを観覧するつもりのようだ。

今日は朝から秋晴れのいい天気だが、いくら日が差していても日陰に入ると肌寒い。野外で食事をするなら上着が必要な季節だ。

西野の家に行くと、一人黙々とジャガイモを掘る黒崎の姿があった。今日のバーベキュー用に人参とタマネギも少量収穫して準備をしている。

野菜を切り、炭火をおこし、黒崎はキャンプ用の椅子に座って腕組みをしていた。貧乏ゆすりをし、イライラと炭を継ぎ足してかき回し、ビールのプルタブを引いた。

いつまでたっても今迫は来なかった。

「静子のところに行ってる気がする」

吉田はそう言って、さっそく自分の家に向かった。

「約束をすっぽかすなんてひどいですね」

「うん。雄ちゃんは真面目だから」

いやいや、真面目な人だったら約束は守るでしょう、と心の中でつぶやきながら吉田の後を追った。

吉田の家は琴似駅の北側にある。八軒《はちけん》というところだ。琴似地区に入植した家が八軒あって、そのうちの一軒の子孫なのだ。土地のほとんどを売ってしまい、家は近所にある。今迫の家は祖父が若い頃に事業に失敗して、土地のほとんどを売ってしまい、アパートが一棟と小さな駐車場があるだけだった。そこからの収入と年金とで生活している。だが吉田のほうはずっと地道に農業をやっていて、バブル期に土地を売りかなりの額の金を手にしたという。先祖代々堅実なので吉田は一生、生活には困らないのだそうだ。

「やっぱり来てた。雄ちゃんは真面目だから気になることがあると、それぱっかりになっちゃうんだよ」

「気になることですか？　なんですか、それは」

吉田は家の中を指さして、二、三度首を振る。中に入って話を聞こう、ということらしい。そんな仕草も、こう言ってはなんだが可愛らしい。くりんとした目や、禿げ上がった頭のつるりと丸い形がとても愛嬌があるのだ。

玄関を入ると、それまで吉田に吹いていた風のエフェクトが止んだ。エフェクトもTPOをわきまえているのか、と感心しているとカモメが飛んできて吉田の頭の上に留まった。驚いている潤にカモメは鋭い一瞥をくれると、小さく羽ばたいて居住まいを正した。

「そんなわけないじゃありませんか」

静子の叫ぶような声がする。

「俺だって信じたくないけどさ」

「信じたくない？」

静子が怒気を含んだ目で言った。

「警察に行ったんですってね」

今迫は小さく、「あ」と声を上げた。

「黒崎さんが言ったことが、どうしても気になってさ」

声は消え入りそうだった。

「だってそうだろう。葬式が終わって何日もしてから、栄ちゃんが怪しい男と話をしているのを見た、なんてさ。なんですぐ言わないんだよ」

そのことに関しては静子も反論できず、「それは……」と口の中でつぶやいている。静子が劣勢になったので、今迫が勢いづく。

「疑いを、居もしない男に着せようとしている、って思われてもしかたないだろう？」

「疑いって、だれも黒崎さんを疑ってないじゃない」

かる。

「静ちゃん。黒崎は口のうまい男だよ。騙されちゃだめだよ」

静子は今迫の言葉に反感しか抱かないようで、はたで見ていても怒っているのがわかる。

「奥さんは黒崎って人に騙されてるんですか？」

潤はカモメと戯れている吉田に訊いた。頭の上にいたカモメは肩に乗り、吉田が腕を伸ばすと腕の上をひょこひょこと歩いたりしている。

「黒崎さんはそんな人じゃないよ。雄ちゃんはちょっと勘違いしてるんだ」

「でも、黒崎さんはやけに静子さんのところへ来てますよね。あれやこれや面倒を見て、それから励まして」

「そうなんだよ。黒崎さんのおかげで静子もやっと元気になったんだ」

いや、それは人が良すぎやしないか、と潤は言いたいのだが、吉田があまりにも嬉しそうにしているので言うのをためらった。普通は今迫や潤のように、黒崎に下心があると考えてしまうのではないだろうか。

静子はおばあさんと言っていい年だが上品で若々しく、若い頃はさぞ美人だったと思われる。その上、生活に困らないほどの財産があるのだから、吉田や静子は少し暢気すぎる気がする。

「拓也にも何度も電話をしてくれてねえ。励ましてくれるんだ。本当にいい人だよ」

拓也というのは東京に住んでいる一人息子だが、その息子まで取り込んでいるのか、とますます心配になる。

「もう帰ってください」

静子は今迫の顔を見るのも嫌だ、というように言った。

「静ちゃん。怪しい男を見たなんて嘘を言うやつを信じるのか？　俺はぜったいあいつの化けの皮をはいでやるからな」

捨て台詞を残して今迫は足音高く出ていった。

「雄ちゃんは真面目だから」

いや、そういう問題ではなく。潤はため息と一緒に出そうになった言葉を飲み込んだ。

8

辻明日美の実家にはあらかじめ電話をしておいた。悪い予想が当たって、明日美は体調をくずし休職しているのだという。明日美の母親は声をひそめて、退職することになるだろうと言った。

「辻さんは姉がいなくなった時にも体調が悪くなったんです」

駐車場に車を入れ、辻家に向かう途中で赤芝は言った。ずっと黙りこくっていたのだが、やはり紗栄や明日美のことを考えていたのだろう。

「本当だったら、辻さんは札幌で学校の先生をやっていたはずなんです。あの時いろいろとショックを受けて、教員採用試験に合格したのに先生にはならなかった。しばらくは実家で静養していたんです」

「それで元気になって、東京で塾の先生をやっていたんだね」

はっきりとは言わないが、明日美の体調が悪いというのは、たぶん精神的に不調なのだと赤芝も思っているのだろう。

辻家の呼び鈴を押す祈一郎を、赤芝は息を詰めて見ている。明日美の見舞いは気が進まないようだったが、ここに来てもまだためらう気持ちがあるのだろうか。

すぐに明日美の母親が出て来た。

「どうもありがとう。明日美も喜ぶわ」

居間に通されたあと、祈一郎がオレンジ色のガーベラとミニバラがアレンジされた小さな花束を渡し、続いて赤芝が『ノルテ旭ヶ丘』のプリンを渡した。

「職場でね、パワハラっていうの？　そういうのがあって眠れなくなったりしたの。それで前のこともあったから、ほとんど無理やり連れてきたのよ」

明日美の母は今の状況を知ってもらおうと、声をひそめ早口で説明する。

「前のことってなんですか？」

祈一郎も声をひそめて問い返した。

「ほら」

と母親は赤芝のほうをちらりと見てから言った。

「紗栄ちゃんがいなくなったあと、衝動的に……」

自殺しようとしたらしいことが、母親や赤芝の表情からわかった。祈一郎はなにも言えなかった。「そうだったんですか」と口の中でつぶやいただけだった。

「幻覚も見えるみたいなの。いろんな人が明日美を責めるんだって。でもね、それは薬の副作用らしいの。薬を変えたら幻覚や幻聴はなくなるでしょうってお医者さまが」

そう囁くと明日美の母親は立ち上がり、一転して大きな声で言った。

「どうもありがとう。今、明日美を呼んできますね。ちょっと待っててね」

母親が行ってしまうと、祈一郎は声をひそめて訊いた。

「辻さん、いつから具合悪かったの？　春に電話をもらった時は元気だったと思うんだけど」

「去年から食欲がないって言ってたらしいんですけど、今年の春に急に悪くなったみたいですよ」

その時、二階から明日美が降りてきた。黒いトレーナーに明るいブラウンのロングスカートをはいている。髪は後ろで一つにまとめ、顔色は悪いが微笑んでいて、それほど具合が悪そうでもない。

「わざわざありがとう。武くんも」

赤芝のほうに顔を向けて、小さく頭を下げたが表情は強ばっていた。

母親は気を利かせたのか、買い物に行ってくると言って出かけていった。

「調子どう？」

祈一郎の問いに、「まあまあ」と答えて明日美は向かいのソファに座り、「仕事は順調？」と訊いた。

祈一郎が自分の近況を話すと、明日美は職場でのパワハラの事や自分の病状などを話した。特に隠すつもりもないらしい。そういえば明日美は、もともと開けっ広げな性格だったことを思い出す。

だが、赤芝に対してはなにかわだかまりがあるようで、あまり話しかけようとしなかった。赤芝のほうも、ずっと表情が硬いのだった。

「紗栄は時々日本に帰ってきているのね。無事なことがわかって安心したわ。でも、ごめんね、どこにいるのか聞き出せなくて」

初めて赤芝に向かって明日美は言った。

「いえ」

赤芝は暗い表情のまま短く答える。空気が重くなり、それに耐えきれなくなったのか、明日美は赤芝のほうへ身を乗り出した。

「私、ちゃんと武くんやご両親に謝ってなかったよね。紗栄がいなくなったのは私のせいだってことを」

「そんな……こと、わからないじゃないですか。姉の口から聞いたわけでもないですから。辻さんのせいだなんてだれも思ってませんよ」

そう言う赤芝は、本気で明日美を慰めようとしているようには見えない。明日美のせいであることはたしかだが、はっきり言っては可哀想だ、とでも言っているように祈一郎には見えた。

「武くんに言ってないことがあるの。紗栄が山に行く前に私たち喧嘩したのよ。今思えば、私の頭が固かったの。紗栄はどうしてあの時、あんなに怒ったのかわからないけど、すごく怒ってて、私もなぜだか言い過ぎてしまって」

紗栄と明日美が喧嘩をした原因というのは、紗栄の神威岳登山のことだったという。その日はずっと前から明日美と東北旅行に行く約束をしていたのだそうだ。それをドタキャンして、婚約者と山へ行くというのが明日美は気にくわなかった。しかも婚約者には霧島潤という同行者がいて、そこに割り込むようなかたちになる。

明日美は、めったにないことだが紗栄に意見した。

「いくら草葉さんが一緒でも、男の人二人と一緒に行くなんて結婚前の女の人がやることじゃないわ」

「明日美って、いつの時代の人？」

紗栄はせせら笑った。それがカチンときた。それからは紗栄の長所であり欠点でもある、なんでもはっきり言う性格を非難したり、過去に腹が立ったことなどを引っ張り出したりした。二人はかつてない大喧嘩をしたのだった。

「売り言葉に買い言葉ってああいうことよね。なんであんなこと言っちゃったんだろうって、本当に後悔しているの。ずっと謝りたかった。謝るチャンスはあったのに、そのチャンスをたった一度逃したら、そのあとは十年もやって来なかったんだわ」

潤と一緒に病院に搬送された紗栄のもとに明日美が駆け付けた。その時はまだ潤は生死の境をさ迷っていた。

喧嘩の残り火があったのかもしれない、と明日美は言う。

「紗栄はとても自分のことを責めていたの。私は紗栄を励ましてあげるべきだったのに、それをしなかった。ここまでは武くんに言ったわよね」

赤芝は息を詰めて明日美を見ていた。明日美は唇を震わせていた。いまにも泣きそうだった。

「まだ、言ってないことがあるの。どうしても言えなかった。言い訳にしかならないから。まさか霧島くんが死んでしまうとは思わなかったの。そんなに重傷だって知らなかったのよ。紗栄の頭の傷もたいしたことない、って聞いて安心したのかもしれない。だから……私は……、こんなことになったのは紗栄のせいだ、って、少しは反省しなさいって言ってしまったの」

明日美はぼろぼろと涙をこぼした。この十年のあいだに思い出して何度泣いたのだろう。見れば赤芝も目を真っ赤にして、時折袖口で拭っていた。

「ごめんなさい。本当にごめんなさい」

消え入りそうな声で何度もそう言った。明日美が謝るべきは赤芝や祈一郎ではなく、紗栄だ。だが紗栄の居場所は依然としてわからない。

長い沈黙のあと、ようやく祈一郎が口を開いた。

「たとえ偶然でも、辻さんが紗栄ちゃんに会って無事が確認できたのは良かったよ。ほっとした。ねえ、赤芝くん。そうだろう？」

赤芝はまだわだかまりがあるのか、小さな声で「はい」と答えた。

明日美の家を辞して車に乗ると、赤芝はぽつりと、「姉さんは、もう死んでいるんだと思ってました」と言った。

交差点にさしかかるたびに信号が赤になり、祈一郎が運転する車は止ってばかりいた。

「僕もそんなふうに思ったこともあったよ。でも生きていてくれて本当によかった」

「生きているんなら、どうして僕たちに会いに来ないんでしょう？　辻さんの前からも逃げるようにしていなくなったんでしょう？　姉さんはそんな人じゃなかったのに。外国で暮らしていて、時々日本に帰ってくるなら連絡をくれてもいいでしょう？　いや、外国からだって手紙や電話やメールで、無事を知らせてくれたっていいじゃないですか」

赤芝は祈一郎に言っても詮ないことはわかっていても、言わずにはいられないのだ。同じ事を祈一郎も何度考えたかわからない。

「あの……」

なにかを言いたそうだが、よほど言いにくいことなのか口ごもっている。

「どうしたの？」

「僕のサボテンが……。紗栄は死んだよって言うんです」

「馬鹿かおまえは。サボテンの言うことを真に受けるのか。というか、サボテンと話をするんじゃない。聞いているこっちの頭がおかしくなるぞ」

後ろの座席に突然現れた潤がまくし立てる。

『やめてくれ潤。たのむ』

ハンドルを握りながら心の中で懇願した。赤信号で止っている時でよかった、と祈一郎は心底そう思った。

9

「このあいだは本当に悪かったな」

黒崎は返事もせず、テーブルの上の小鉢に箸を突っ込んだ。お通しはレンコンのきんぴらだ。

『居酒屋　鰊御殿《にしんごてん》』は、今迫の家からさほど遠くないところにある。料理が美味いし安いので、妻の和代とたまに来たりする。

琴似の飲食店街は、市内ではすすきのに次ぐ繁華街らしい。とはいってもまるで規模は違う。それでも週末には酔客が路上で気炎を上げる姿が見られたりするので、ちょっとした歓楽街の気分は味わえる。

不機嫌そうに黒崎はビールを飲んでいた。バーベキューをすっぽかしてしまったお詫びに、一杯おごらせて欲しいと言って呼び出したのだ。

「ここのラーメンサラダ美味いんだよ。注文しようか」

「うん」

ラーメンサラダと、奮発してザンギも注文した。

「俺も年だなあ。日にちを勘違いしててさ」

「電話したけど出なかったな。家のほうにも電話したのに」

「携帯忘れて出かけちゃったんだ。和代も出かけてたし」

そういう言い訳をするために、わざわざ和代のパッチワーク教室の日にしたのだ。

今迫がせっせと機嫌を取り、酒もまわるうちに黒崎の機嫌がなおってきた。

「ここのラーメンサラダは本当に美味いな」

「だろう」

「こういうの俺たちのカフェでも出したらいいんじゃないかな。居酒屋のメニューだけど、見た目はお洒落だし野菜がたくさん載ってるから、女性客にも受けるんじゃないかな」

「そうだな」

適当な話をしながら酒を勧める。話は具体的なカフェの経営の話になっていった。

「なあ、黒崎さん。俺、やっぱり静ちゃんにも経営に参加してもらいたいな。栄ちゃんの代わりってわけじゃないんだ。ちょっと意見を聞いたり、打ち合わせの時に同席してもらったりさ。栄ちゃんが亡くなったのに、資金を引き揚げないでいてくれるんだから、なんか顧問みたいなポジションで関わってもらえないかなと思っているんだけど」

黒崎は「それ、いいな。賛成だよ」とぱっと笑顔になった。

「じゃあ、今から来られないか訊いてみるよ」

ここまでは徒歩で十分くらいの距離だ。女性だから支度もあるだろう。その間に罠を仕掛ける時間は充分にある。もし静子が来られなくてもあせることはない。黒崎の化けの皮を剝がすチャンスをじっくり待てばいいのだ。

電話をかけると静子はすぐに来ると言う。吉田が存命だった時も、よくこんなふうに呼び出したものだった。吉田夫妻は付き合いが良くて、いつだって気軽にやって来るのだ。

「すぐ来るってさ。黒崎さんもいるって言ったら嬉しそうだったよ」

「えっ、本当?」

黒崎は照れくさそうだった。

「静ちゃん、再婚するのかなあ。なんか聞いてる?」

ようやく目的の話題へと持ち込んだ。

「いや、初耳だな。静子さんがそう言ったのか?」

「はっきり言ったわけじゃないけどさ。なんか気になる人がいる、みたいなこと言ってたよ」

「へえ。吉田さんが亡くなって一年か。そういう人がいるんなら幸せになって欲しいな」

「あれ、なんか人ごとだな。相手は黒崎さんじゃないの?」

今迫はちょっとからかうように言った。

「え？　俺？　なんでさ」

「いやあ、静ちゃんとそういうことになってるのかと思ってたよ。違うの？」

「違う違う。なに言ってんだよ」

黒崎は顔の前で手を振って否定した。酔いで赤くなった顔をさらに紅潮させている。

「だけど静ちゃんのことは好きなんだろう？」

「まあ、そうだけどさ。いい人だし。きれいだし」

小皿に今迫の分のラーメンサラダを取り分けながら、黒崎は恥じらうように微笑んだ。

「奥さんが来るみたいですね」

潤は前に座っている吉田に言った。この居酒屋は雑誌で紹介されてから、とても繁盛しているという。琴似界隈《かいわい》だけでなく全市から客が来ると聞いている。店構えや内装は豪華だが値段が安いのが人気の理由らしい。

黒崎と今迫は隣のテーブルで話し込んでいる。革ジャンを着た黒崎と、おじさんくさい服装の今迫の取り合わせは、どうにも不釣り合いだ。

とはいえ、黒いスーツを着た潤と、カモメを頭に乗せた吉田の組み合わせも相当に可笑しい。

テーブルの上にはなにも載っていないが、居酒屋の雰囲気が味わえて、吉田と潤もちょっといい気分になっている。

「静子はこの店、好きなんだよ。よく二人で来たな。僕が死んでからは静子は一度も来てないんだ。雄ちゃんも遠慮しないでもっと誘ってくれればいいのに」

「奥さん思いなんですね」

「ははは。若い頃苦労かけたから」

「そうなんですか？」

「うん。僕ね、こう見えてももてたんだよ。それで、ちょっといろいろあってね」

「なるほど、いろいろですか。そんなふうに見えませんけど」

「えっ、なに。もてるようには見えないってこと？」

吉田は笑いながら、大げさにがっかりした顔をした。

「いえ、奥さんを泣かすようには見えないってことです」

潤は慌てて言い直した。

今迫は、静子が黒崎に好意を持ってるらしい、とさかんに言っている。ちょっとわざとらしいが、酔いがまわっている黒崎は特に気に留めていないようだ。むきになって否定しているが嬉しそうだった。

「静子さんが黒崎さんに気がある、って本当ですか？」

「それはないと思うけどね」

「じゃあ、黒崎さんが静子さんのことを好きだというのは？」

「それは、ちょっと違うな……。あっ、静子が来たよ」

白いTシャツに薄いブルーのカーディガン。それに黒い細身のパンツを合わせている。家でくつろいでいた格好のようだが、とてもお洒落だ。

静子が加わると、場は俄然華やかになった。乾杯のあとに、日本に近づいている台風の話や、電車の脱線事故の話をひとしきりしたあと、やはりカフェの話題になった。メニューや内装の相談をする時に、静子にも加わって欲しいと言うと、「あんまり役に立たないと思うけど」と言いながらも嬉しそうだった。

「私、主人がカフェをやるって言い出した時、反対したのよね」

「なんで反対だったの？」

「素人がやってもうまくいくわけないと思ってたのよ。主人もそうだな、って急に自信がなくなったみたいでやめるって言った時はほっとしたわ」

静子は今迫を見てくすくすと笑った。そうなのだ。そのせいで吉田とけっこう深刻な喧嘩をしてしまったのだ。

「でも黒崎さんが何回もうちに来て説得したのよ。黒崎さんの話を聞いているうちに、主人にもできるんじゃないかって気がしてきたの。あの時、黒崎さんにカフェをやろうよ、って言ってもらって本当に良かったと思ってる。主人はもういないけど、カフェがあるからいつまでも主人と一緒っていう気がするの」

「黒崎さんは頭が回るからな。こうなるのも計算のうちだったんじゃないの」

ビールで良い気分になっている黒崎と静子には、今迫の言葉がすぐには飲み込めなかったようだ。貼り付いたような笑顔で今迫をぼんやりと見ている。

「今迫さん、なに言ってるの？」

静子がようやく口を開いた。

「黒崎さんは静ちゃんのことが好きなんだって、さっき俺に告白したよ。俺なんかに言わないで本人に言えばいいのにさ。静ちゃんと結婚すれば一生安泰だからな、悪い考えじゃないよな。それに静ちゃんもこんなに黒崎さんのことを信頼してるし」

最後のセリフはひどく毒のある言い方をした。二人は酔いもさめたようで、やや青ざめた顔をしている。

「俺はね、どうしても納得がいかないんだよ。なんであんなあとになってから、栄ちゃんが怪しい男と話をしていたなんて言うのか。なんですぐ言わなかった。なんで警察に言わなかった。そうだろう？　静ちゃんだってそう思うだろう？」

「その話。本当のところを私、黒崎さんから聞いたわ」

静子は少し怒っているようだ。

「今迫さん、最初から黒崎さんのこと、というか私との仲を疑っていたんでしょう？　主人が亡くなった時、あなたはあからさまに黒崎さんが……」

「そうなんだよ」

黒崎は静子の話を遮って、「自分で言う」というように片手を上げた。

「今だから言うけど、今迫さんはあの頃、吉田さんが亡くなってすごくショックを受けてた。ショックを受けたのは俺も静子さんも同じなんだけど、今迫さんはだれかのせいで吉田さんが亡くなったって思いたがっていたんだ」

黒崎は、「気付いていたかい？」と訊いた。その目には憐れみが浮かんでいた。

「吉田さんのお葬式が終わった頃、特にあんたは精神的に不安定になっていた。それで俺のことを犯人に違いないと思い込んでいたんだよ。俺もだんだんと今迫さんに追い詰められているような気分になってきて、それで思わず言ってしまったんだ。怪しい男と吉田さんが話しているのを見たって」

「たしかに俺は黒崎さんが殺したんじゃないかって疑っていた。怪しい男を見たっていうのは嘘だろうとすぐに思ったよ。だからこそ、あんたが犯人なんだって確信したんだ。なんだってそんなありもしない嘘をつくんだよ」

「それがさ、まるっきりの嘘でもないんだ」

それには静子も驚いたようだった。目を丸くして次の言葉を待っている。

「吉田さんがデッキで海のほうを見ていたんだけど、同じ船に乗っていたツアー客が近づいていって吉田さんに声をかけたんだ。まあ、怪しいって言ったのは嘘と言えば嘘だね。普通の中年男性だったから。吉田さんはこっちに背中を向けていたから、どんな顔していたかわからないけど頭を下げていたな。なんか謝っているみたいだなと思ったよ」

「それだけ？」

「うん。それだけ。怪しい男の存在があれば、今迫さんが俺を疑わなくなると思ったんだけど逆だった」

「それと、もう一つ言っておきたいことがあるの」

静子は背筋を伸ばして今迫に向き直った。その真っ直ぐな視線に、話を聞く前から今迫はたじたじとなった。

「カフェの開業に反対だったのは私だけじゃないのよ。和代さんには言わないで、って口止めされてたけど」

「えっ、じゃあ和代も？」

「ええ。もし失敗したら、ってとても不安がっていたわ。借金するわけじゃないからいいだろうって今迫さん、言ったそうだけど貯金が減るのはだれだって不安なものよ。そういう和代さんを説得してくれたのも黒崎さんなの」

「あんたは和代にまで」

今迫は思わず叫んだ。店の中が一瞬静かになる。静子だけでなく和代にまでも、黒崎は言い寄っていたのか。

「すごく誤解しているみたいだから言うけど」

静子はちょっと黒崎を見て、了承を得るように小さくうなずいた。

「黒崎さんが私や和代さんに好意を持っているとしたら、それは純粋な友情なのよ。黒崎さんの恋愛の対象は男性なんだから」

口をぽかんと開けたまま、今迫はどのくらいそうしていただろう。黒崎の日に焼けた顔は、まるで乙女のように恥じらっている。なんとなく静子が男前で頼もしく見える。そして自分はまるきりの馬鹿だ。

「さあ、出ようか」

吉田は立ち上がって音もなく出口に向かった。潤があとを追う。

「どこに行くんですか？　これからが面白いところじゃないですか。吉田さん、知ってたんですか？」

外の風はびっくりするほど涼しくなっていた。それでも街の明かりが華やかで、人通りも多いからさほど寒さを感じない。

「知ってたよ」

「そうすると、黒崎さんと吉田さんは……」

「なにを言ってる。僕は既婚者だったんだよ。黒崎さんは独身の男としか付き合わないんだ。今のところは、そういう人はいないって言ってたよ」

吉田は琴似駅のほうへどんどんと歩いていく。どうやらカフェの開業場所に行ってみるようだ。

大きなウィンドウの店は、以前は靴屋だった。右隣が花屋で左隣は最近新しくできた高級パン屋だ。カフェをやるには理想的な立地だった。

吉田は店の前に立ち、感慨深そうにながめている。

「カフェ、やりたかったですか？」

「いや、そうでもないな。今はカモメになりたいと思っている」

「え？」

突然風が吹いてきた。夜だった路上が昼間の太陽に照らされた。知床の太陽だ。

吉田は船のデッキにいるのだろう。目を細めて風を受けている。

いつの間にか指先にかっぱえびせんをつまんでいた。目の高さに上げると、風を切ってカモメが飛んでくる。驚くほどの速さで突進してくると、魔法のような正確さでえびせんを嘴《くちばし》にくわえ持ち去った。

嬉しそうにそれをながめ、次のえびせんを出そうとした時、黒い人影が近づいてきた。

「カモメに餌をやっちゃいけないんですよ」

黒っぽいダウンコートを着た中年の男性だった。北海道の人間ならまだダウンコートは着ないから、本州からの観光客だろう。紳士的な感じのする人だった。

「すみません」

吉田は男性に素直に謝り、潤のほうを向いて「えへへ」と笑って首をすくめた。

その時、カモメが吉田の頭頂部めがけ一直線に飛んできた。吉田のベージュ色のニット帽には、子供の帽子ならポンポンがある場所に、かっぱえびせんそっくりの飾りが付いている。

迷いもなくカモメはそれを嘴でくわえると、弧を描いて空に飛び去った。

「あー。こら待て」

吉田は帽子を取り返そうと、手すりから身を乗り出した。

そして、それきり吉田の姿は見えなくなった。

10

外壁が爽やかなブルーのストライプでペイントされた『喫茶かもめ』は、通りの中でもひときわ目を引いた。大きなウィンドウと白いドア、ブルーのネオン管で「かもめ」の文字をかたどった看板が、ビーチリゾートっぽさをかもし出している。

引き渡しを明日に控えて、祈一郎と赤芝はどちらからともなく店舗を見に行こうということになった。

「長かったね」

「はい。感無量です。あんなに何度もダメ出しされて、くじけそうでした」

「今迫さんのほうにも事情があったそうだね」

赤芝は黙ってうなずき、店の中をのぞき込んだ。

特徴的なドーナツ型のテーブルが、白っぽく浮き上がって見える。大きな浮き輪の中央からヤシの木が生えているようで、海の気分が満載だ。イベントがある時にはこの形にして使う。すでに和代のパッチワーク教室で使用することが決まっていた。

テーブルは、ちょうどバームクーヘンを切り分けるように、六つに分かれるようになっている。大小の弧を繋げた変形のテーブルは、普段の営業では五人までが座れる。その形がカモメを図案化したようにも見える、と好評だった。

赤芝が提案したのはごく一般的な長方形のテーブルだったが、打ち合わせの時に吉田静子が、「なんだか普通ね」と漏らした、というのを聞いて、祈一郎がこのちょっと変わったテーブルならどうだろう、と赤芝にデザイン画を見せたのだ。

その個性的なテーブルがホールに並べられると、まるで空か海に浮かぶカモメのように見えてくるから不思議だ。それで赤芝のアイディアで、床を落ち着いたライトブルーの大理石調の床材にすると、なおさらカモメが浮かぶ大海原に見えてくる。

「あら、赤芝さん」

声に振り向くと、静子が立っていた。後ろには今迫と黒崎もいる。

三人もやはり明日の引き渡しが楽しみで、店を見に来たのだと言う。

「お店の名前ですが、どうして『喫茶かもめ』になったんですか？」

赤芝も詳しい理由は知らないと言っていたので、祈一郎は三人に訊いた。

「私が考えたんです」

静子はにこにこと答えた。

「主人と今迫さんが考えた『カフェ・ブラン』というのもお洒落で素敵だけど、経営するのが私たちでしょ？」

そこで三人は顔を見合わせて笑った。仲がよさそうで、深い信頼関係ができあがっているのがわかる。

「背伸びして若ぶらなくてもいいんじゃないかと思って」

「かもめというのは？」

「なんとなくです。なんとなくかもめっていうのが閃いたというか」

「最近、市内でもカモメをよく見るしね」

黒崎が言うと今迫もうなずいて言った。

「そうなんだよね。石狩湾でしょう？一番近い海は。そこから二十キロくらいあるのかな。すごく離れているのに、このあたりでもよく見かけるよね。豊平川のほうじゃ群れで水浴びしてたっていうしさ」

そういう話は祈一郎も聞いたことがある。海辺で聞こえるはずの鳴き声が、こんな内陸で聞こえるのだから、聞くたびに妙な違和感を覚える。

「あら、カモメ」

静子が指を差すほうを見ると、隣の花屋の看板にカモメが一羽とまっていた。全員がカモメに注目すると、羽を広げてひと声鋭く鳴いた。

「あのカモメ、吉田さんなんだぜ」

突然現れた潤が大まじめで言う。

『嘘だろ』

祈一郎は唇の形でそう答えた。

第四章　使命《やくわり》

1

それは実に道筋のはっきりとした、言ってしまえば簡単な依頼のはずだった。

クライアントは八木悠子《やぎゆうこ》四十七歳。ただし事務所に来たのは代理の町田志織《まちだしおり》だ。三十歳を過ぎているらしいが、若く見えるので最初は娘だと思った。だが悠子の妹だという。

八木悠子は夫と二人で北区のマンションに住んでいる。ただし夫は単身赴任中だ。悠子は最近体調を崩している。志織を産んですぐに母が亡くなり、悠子が母親代わりになって自分を育ててくれた。

志織はもうすぐ結婚して北海道を離れるのだが、姉の体調が心配でこのままでは結婚できない。『クサバ企画』というデザイン事務所が室内を改装すると、不眠が治ったり拒食症が治ったりするというのを雑誌で読んだ。ぜひ姉のマンションを改装して、たぶん鬱だと思うのだが、病気を治して欲しい。

町田志織はそこまでを一気に言うと、赤芝が出してくれた野草健康茶を一息に飲んだ。飲んでしまってから、空になったカップの底を覗いて、「これ美味しいですね」と言った。

潤はカウンターに半身を預けて立っていた。志織が言うのを聞いて、置いてあるポットに鼻を近づけ顔をしかめた。

「よかったな、赤芝。おまえの変な味覚に賛同してくれる人がいて」

「ありがとうございます。富良野万能茶です。僕の親戚が農園をやってて、そこで作っているんです」

「あら、私の両親も富良野の出身なんですよ」

志織はまるで幼なじみにでも会ったような、懐かしそうな顔をした。赤芝は、とにかく女性という女性に弱いので赤面して、「あ、そうなんですか」と消え入りそうな声で言う。

「農園はどのあたりにあるんですか？」

「『風のガーデン』のほうです」

ドラマの舞台になったそのガーデンは祈一郎もよく知っている。とはいっても一度も行ったことはない。テレビ画面の中のガーデンを憧れの眼差しで見ていただけだ。けれども画面の中だからこそ、美しさは現実のもの以上だったのかもしれない。メルヘンチックで幻想的。桃源郷のような場所だ。

紗栄からは、親類がそういう場所で農園をやっていることを聞いたことはなかった。赤芝からも聞いたことはなかったはずだ。

志織と赤芝は富良野の話をしてはいるが、どうも話がかみ合わない。志織は子供の頃に一度行ったきりで、赤芝にいたっては一度も行ったことがないらしい。それでも志織は、赤芝から農園の経営状況や、そこが芳川《よしかわ》農園というところであることや、赤芝の母の妹の嫁ぎ先であることなどを次々と聞き出している。

ようやく志織から解放されて、赤芝が自分の仕事に戻ると奇妙な静寂が生まれた。いつもなら潤が志織のことについて辛口の批評をするのだが、リリアンと一緒に眠ってしまったようだ。

「姉は最近、富良野の夢をよく見るらしいんです」

夢の中で姉、悠子はまだ子供で、そこは富良野のようだ。薄暗い家の中で悠子は雑記帳に絵を描いていた。両親は食堂をやっていてとても忙しかった。悠子はいつも一人遊びをしていた。店のほうからは父が注文を復唱する声や、客が談笑する声が聞こえてくる。店を覗くと、かっぽう着姿の母と白い服を着た父が忙しく立ち働いていた。

するとと場面は一転して、ひらけたラベンダー畑に悠子はただ一人いる。そして空ばかりを見上げている。

「よくわからないんですけど、それがとても寂しくて悲しいんだそうです。その夢を見た日は特に調子が悪いって言ってました。去年父が亡くなって、義兄《あに》は何年も前から海外勤務なんで、寂しいんだと思うんですよね。私の結婚が決まった時も寂しそうだったけど、それでもまだ元気だったんです。直接の原因はシェリーが死んでしまったことなんです」

「シェリー？」

「姉が可愛がっていたトイプードルです。毎朝、散歩に行っていたんですけど、それがなくなったのも大きいと思います」

「そうですね。世話をする対象がなくなったのと、散歩の時に自然に浴びていた日光の恩恵が減ったことのダブルパンチでしょうね」

原因がはっきりしているのだから、普通は心療内科で薬を処方してもらうのだろうが、この事務所に仕事を依頼してくる人たちは、なぜか病院に行く前に部屋の改装を思いつくらしい。

「ご依頼の趣旨はわかりました。どんなふうに改装するか、お姉さんともじっくりご相談したいのですが」

志織は姉の体調のいい時に三人で打ち合わせをしたいので、後日連絡すると言って帰っていった。

応接セットのテーブルには、志織が置いていった家の間取り図などがある。これは祈一郎が持ってくるように頼んでおいたものだ。図面と一緒に部屋の中を写した写真が数枚あるが、なぜかトイプードルの写真もある。

「わあ、可愛い」

奈々は、茶色いぬいぐるみのような犬の写真を目の高さに上げた。

「赤芝さん、見てください。ほら」

赤芝は一瞥して、「可愛いですね」と感情のこもらない声で言った。

「どうしたんですか？　犬、嫌いなんですか？」

「いえ、嫌いというわけではないんです。ただ、動物をペットにするというのが、なんというか、僕の感性にそぐわないんです」

潤が爆笑する。さっきまで寝ていたはずなのに、赤芝をからかうネタには敏感に反応するらしい。

「おまえの感性ってなんだよ。サボテンをペットにするやつの感性、というか正気を疑うよ俺は」

ゲラゲラと笑う潤を奈々はにらみつけた。潤は口を閉じて黙り、素知らぬ顔でリリアンを抱き上げる。

潤と奈々の関係は、互いに付かず離れずといったところだ。だが、潤は奈々を怖れているふしがある。たしかに時々見せる奈々の霊能力者の顔が、祈一郎も怖いと感じることがある。

「あ」

奈々がピクチャーウィンドウ越しに葦田家のほうへ目を遣った。

「娘さんのご家族が到着したみたいですよ」

見ればタクシーが横付けされている。そこから転がるように男の子と女の子が出て来た。二人はそのまま歓声を上げて庭を走り回った。ホワイティを見つけると、犬小屋を囲っているフェンスの鍵を開けようとする。慌てて母親の毬恵が飛び出してきた。

「鍵、開けちゃだめよ。ホワイティが出て来ちゃうでしょう」

葦田真知子に似たよく通る声だ。

すると真知子が家から出て来た。

「よく来たわねえ」

「おばあちゃん」

二人の子供はさっそく真知子の足にまとわりつき、二人が同時になにかを話し始めた。子供たちの声にかぶせて毬恵も飛行機が遅れたことなどを報告する。ホワイティは遊んで欲しいのだろう、檻の中でキャンキャンと吠えている。

盆と正月に毎回繰り広げられる賑やかな光景だ。だが、これからは毎日こうなのだろうか。

毬恵の夫が少し離れたところでその様子を見ていたが、『クサバ企画』の面々に注目されているのに気が付くと、愛想笑いを浮かべて頭をさげた。

2

「やっぱり私、今日はやめておくわ」

悠子は窓際のソファに座り、つけっぱなしのテレビを見ながら言った。いつものことながら、ひどく憂鬱そうだ。

「だめよ。もう何回も延期してるでしょう？」

「だって、また夢を見たんだもの。とても人に会う気がしないの」

「また同じ夢？」

志織は悠子の隣にどすんと座った。

「うん。ラベンダー畑なの。お母さんもいるのよ。あんたを産んだ頃かな。夢って変ね。お母さんが志織を産んだ時、私は十五歳だったのに、夢の中では四歳くらいなの」

母の節子《せつこ》はかっぽう着を着て、空をながめている。母親と一緒にいるのが嬉しくて、悠子はいろいろと話しかけるのだが、母は悲しそうな顔でただ空を見ているのだという。

「その夢に私は出てこないんだよね」

たとえ悲しい夢の中でも母に会いたい。志織は姉が羨ましかった。自分はほんの数日しか母といられなかったのだ。母の思い出はなにひとつない。だから夢に見ることもない。

母は志織を産んですぐに死んでしまった。その頃、父は札幌でレストランをやっていた。父と一緒に働いていた母は、日頃の無理がたたったのか、産褥熱《さんじょくねつ》で命を落としたのだ。

まだ中学生だった悠子が、新生児の面倒を見るのがいかに大変なことだったか、想像にあまりある。悠子の十代と二十代は、志織を育てることと家事に費やされた。自分が犠牲になった、などと悠子は決して口にしない。そういう姉に、志織は心から感謝しているし、幸せになってもらいたいと思っている。

室内の改装を依頼している『クサバ企画』の草葉祈一郎は感じのいい人だが、さすがにこう何度も打ち合わせを延期すると、気分を害するのではないだろうか。姉の具合が悪いから、という理由はわかってくれているようだが、毎回同じような理由で言い訳をするのも気まずくなってきた。

「お姉ちゃんだって改装したいって言ったじゃない」

「それはあんたがしつこいから」

「じゃあ、改装するのやめる？」

悠子はふてくされたように唇をとがらせた。たぶんどうやっても鬱《ふさ》いでしまう気持ちを持てあましているのだ。

ずっと仲のいい姉妹だった。姉が結婚して、新居をこの場所に決めたのも志織と父が住む家に近いからだ。父が脳梗塞で倒れてからは、姉と二人、力を合わせて看病した。その父も亡くなり、今年になってからはシェリーも死んでしまったことが、悠子の気力をすっかり奪ってしまったのだ。

悠子は暗い吐息を漏らして、出窓に飾ってあるフォトフレームを手に取った。それはシェリーの写真だ。

シェリーが生きていた頃は、きちんと片付いていた室内も、今は雑然としていてどこも薄汚れている。犬のケージやトイレもいまだにそのままにしてある。シェリーのような犬を、また飼ってはどうかと何度か勧めたが、そのたびに怒って泣き、落ち込みがひどくなるのでもう言わないことにしている。

「義兄さんのとこに行くことは考えてないの？　一人でいたら、だれだって憂鬱になるよ」

「私、暑いところは嫌なのよ。虫だってたくさんいるよ。きっと」

「でも、本場のトムヤムクンが食べられるよ。好きなんでしょう？」

「本場のじゃなくていいの。日本風のレトルトので。それで涼しいとこで食べるのが好き」

「なにかすればいいんじゃない？」

悠子はシェリーが死んだあと、何年も続けていた韓国語教室をやめてしまい、ランチ仲間の誘いも断り続けている。人に会うのを極端に嫌がるようになったのだ。

「なにかって？　なにを？」

「たとえば仕事とか」

悠子は険しい顔になって黙り込んだ。

「ごめん」

「なによ、ごめんって。私にできる仕事なんてないと思ってるの？」

十代の頃からずっと家事をやってきた悠子は、一度も外で働いたことがない。だが、やろうと思えば仕事はいくらでもあるのではないだろうか。ただ、悠子は勤めをしたことがないのを負い目のように思っているふしがある。悠子の年で初めて仕事をするというのは、相当に勇気がいることだろう。

悠子はシェリーの写真を胸に抱いて、ソファに寝転がった。

「とにかく、今日は打ち合わせをするからね。インテリアを変えたら、きっと気分も良くなるよ」

志織はモップを手に姉の後ろにある出窓の掃除を始める。姉の手からシェリーの写真を取り上げて、埃を払った出窓に飾った。

草葉祈一郎が約束の時間に、八木家のマンションにやって来た時、悠子はベッドの中にいた。呼び鈴が聞こえたはずなのに、寝室から出て来ようとしない。

「姉は、ちょっと具合が悪いものですから」

もう何度も使った言い訳だが、草葉祈一郎は気の毒そうに、「そうですか」と眉を曇らせた。

「お姉さんのご希望が聞けるとよかったんですが」

そう言いながら、施工例の写真を何枚かテーブルの上に広げた。

「イメージがわくような写真をいくつか用意しました。お姉さんに見ていただいて、どういう雰囲気が好きか聞いておいてください」

どれもお洒落で上品なインテリアだった。志織が手に取った一枚に、「ああ、それは」と草葉祈一郎が説明を加える。

「それは南欧風ですね」

白い壁にパイン材を使った明るい色合いのドアや家具。アーチ型にくりぬいた壁の向こうはキッチンで、レンガ色の床がのぞいている。

「マンションというと、こういう落ち着いた重厚なインテリアを好むかたが多いのですが……」

と別の一枚を見せる。壁はやはり白だが、床や建具が濃いブラウンで、モデルルームによくある感じだ。

「こちらの南欧風のデザインだと、気持ちが明るくなるんじゃないでしょうか。お姉さんが富良野の夢をよく見るのでしたら、ラベンダー色の家具もよく合うと思いますよ。それから、こっちは壁紙を思い切ってミッドナイトブルーにしたものです。ちょっと個性的ですが、太陽光では意外と明るい感じになりますよ。この壁紙には光る素材を織り込んでいまして、照明をつけると星空のようにも見えるんです」

そのほかにも数種類のデザインを見せてもらった。これだけあれば悠子の気に入るものがあるのではないだろうか。

改装場所はリビングとキッチン、浴室などの水回りだ。

草葉祈一郎は写真を何枚か撮って帰っていった。

悠子はのろのろと寝室から出て来て、どっかりとソファに座った。

志織がすかさず内装の写真を見せる。

「これなんかいいんじゃない？　南フランスのリゾート地みたいよ。ラベンダーのポプリを飾ったりしてさ」

つぎつぎと見せる写真を、悠子は一応手にとって一通り見た。

「どう？　どれか気に入ったのあった？」

「全部イヤ」

悠子はごろりと横になった。

3

ＪＲ新琴似駅の自動アナウンスが、電車の走行音に混じってひっきりなしに聞こえてくる。地下鉄の終点駅が近いので、このあたりは大きなスーパーや飲食店が建ち並び、人通りが途切れることがない。

町田節子は駅を背に、白い壁のマンションを見上げていた。年の頃は三十二、三。町田志織と同じくらいの年齢だ。顔や体つきもよく似ている。志織を産んですぐに亡くなったという。

この若さで亡くなったのはさぞ無念だったろう。しかも生まれたばかりの赤ん坊を残して。

目の前のマンションには、長女の八木悠子が住んでいる。

「悠子さんが心配ですか?」

潤は節子に問いかけた。訊くまでもないと思ったが、小一時間も同じ格好で見上げている節子に、なにか話しかけたかったのだ。

節子は返事をしなかった。

「ご心配はわかりますが、時間がたてばきっと元気になりますよ」

気休めなどではなく本当にそう思う。八木悠子は犬が死んでから元気をなくしている。こう言ってはなんだが、犬の死でショックを受けていられるほどには恵まれているということだ。

やはり返事がないので、潤は節子の視線を追って、自分も顔を上げた。

節子は空を見ていた。

「あのう……空を見ていたんですか?」

「探していたんです」

「探していた?」

ちょっと変な人なのだろうか。

「なにか心配事があって、僕を呼んだんじゃないんですか?」

「心配事……」

節子は潤の顔をまじまじと見ている。思い出そうとしているようだ。

「あっ」

突然、節子が声を上げる。

「どうしました？　思い出したんですか？」

「いいえ」

思わずつんのめりそうになった。

「私、空を探しに行かなきゃ」

「空だったら、ほら、ずっと見てたじゃないですか」

潤は人差し指を上に向ける。節子は鼻先を潤の指に近づけた。

やっぱり変な人なのかもしれない。

大きな目が寄り目になる。繊細で真面目そうで近づきがたい人という印象だが、ちょっと変で面白い人だ。

「こういう空じゃなくて」

節子は少し怒ったように言う。

「どういう空ですか？」

「それは……ええっと。なんでしたっけ？」

こっちに訊かれても困る。潤もだんだんイラついてきた。志織は何事にもはっきりしていて決断力もあるようだが、節子のほうは顔は似ているが、いかにも優柔不断そうだ。

「富良野じゃないんですか？　故郷に帰りたいんじゃ……」

節子はぱっと顔を輝かせた。

その瞬間、節子と潤に突風が吹き付けた。ドンという衝撃を感じた直後、二人はラベンダー畑にいた。

「え」

涼しい風が吹き抜ける、一面ラベンダー色の丘だった。地平線までつづく丘の向こうに、ポプラ並木の尖った樹のシルエットが黒く浮かんでいた。

風が吹くたびに、ラベンダーの花は一斉に頭を振ってあたりに強い香りを放つ。

潤はその香りを胸一杯に吸い込んだ。

「ここは富良野ですか？」

潤の声が聞こえないのか、節子はただ嬉しそうに空を見上げていた。

「探していた空ですか？」

「はい」

空を見たまま返事をする。

「空になにかありますか」

「雲があります」

そりゃあそうだろうよ。空にはソフトクリームのような雲がぷかぷかと浮かんでいる。

「雲がお好きなんですね」

しょうがないので、そう訊ねた。

「はい」

空を見上げたまま、にっこりと笑った。

時間が流れていく。

ぼんやりとしていて、まるで空に浮かぶ雲のようにふわふわしていて捉えどころのない人だった。

この人はなにが心残りでこうやって現れたのだろう。ヒントになりそうなエフェクトも、今のところ発生しないので節子がなにを考えているのかまったくわからない。

この暢気な人には、やり残したことなどないのではないだろうか。

そこまで考えて、だれかにそっくりだと思った。

そう、潤自身に。

節子の隣で潤も空を見上げた。

なにかあったはずだ。やり残したことが。やらなければならないことが。

4

可愛がっていたペットの死で、八木悠子は抑鬱状態になった。それに加えて妹が結婚して福岡に住むことになった。他にも前年に父親が亡くなったことや、夫が長いこと海外赴任をしていることなど、さまざまな悪条件が重なってしまった。

志織にしてみれば、姉を一人置いて九州に行くのは心配なのだろう。それで家の内装を変えることを思い付いた。

祈一郎もそれはいい方法だと思った。インテリアを考える過程で悠子は気持ちが紛れ、少しずつ気分が晴れていく。完成した好みの室内で、満足感とともに気鬱はすっかり解消されるだろう。そんな道筋が見えていたような気がしていた。

ところが悠子は、打ち合わせにまったく顔を出さない。志織にまかせるのかといえばそうでもなく、志織と祈一郎が勧める案は、今のところすべて却下されている。

「甘かったな」

「甘かったですか？」

赤芝が困ったような顔をして祈一郎を見ている。

どうやらまた声に出して言ってしまったようだ。

「やっぱり『ノルテ旭ヶ丘』のプリンじゃなきゃだめでしょうかね。僕はそんなに甘いと思わなかったんですが」

「いや、プリンのことじゃないんだ。『八日堂《ようか》』のプリンも美味しかったよ。ねえ、奈々ちゃん」

通勤の途中に新しいお菓子屋さんができたので、赤芝が買ってきてくれたのだ。正直言って『ノルテ旭ヶ丘』のプリンには敵わないが、まあまあの味だった。

「美味しかったですよ。そりゃあノルテのほうが味に深みがあって……。あ、でも『八日堂』のほうはシンプルで……昔ながらのプリンというか」

『ああ、奈々ちゃん。言えば言うほど……』

「はっきり言ってやれよ。不味かったって」

潤はカウンターに寄りかかり退屈そうだ。リリアンはどこにいるのか姿が見えない。

「新しいお菓子屋さんを開拓しようという赤芝さんのチャレンジ精神は、私は好きです」

「やめろ、羽月。赤芝には最後の『好きです』ってとこしか聞こえないんだぞ」

「その通りだよ、赤芝くん。これに懲りずにまた……あ」

「祈一郎、おまえもやっちまったな」

潤は高笑いをしながら二階に上がっていった。

「あ、彩乃《あやの》ちゃんと蓮《れん》くんが帰ってきましたよ」

奈々はまるで救いの神を見たように子供たちを指さした。

葦田真知子の孫、遠野《とおの》彩乃と蓮は小学五年と二年だ。昨日が初登校だったが、もう新しい学校に馴染んだようで、友だちを三人引き連れている。全員ランドセルを背負ったままだ。寄り道をしてはいけない決まりになっているはずだが、葦田家の庭で元気よく遊び始めた。五年生の女の子が、彩乃を入れて四人。そこへ二年生の蓮が加わってたいそう賑やかだ。

そのうちに一人がどこかから長い棒きれを見つけてきて、ホワイティの檻に突っ込み、犬をつつき回している。さっきまで嬉しそうに吠えていたホワイティだが、今は必死に棒きれの攻撃から逃げ回っている。

「あー、鍵は開けちゃだめ。ホワイティが逃げちゃうから」

彩乃が注意している。犬をつついている女の子にも注意するかと思えば、彩乃は一緒になって笑っていた。

「いじめているようにしか見えないんですが。やめさせるべきでしょうか」

奈々は心配顔で祈一郎を見た。同意すれば出て行って止めるつもりらしい。

「よく見てみろよ。あの犬、喜んでるじゃないか」

リリアンを抱いて戻って来た潤が言う。

「ホワイティが誅伐《ちゅうばつ》されていると思って見に来たらこれだ」

と憎々しげに言い、「ねえ、リリアン」と猫には猫なで声で頬ずりした。

「そうでしょうか。喜んでますか？」

女の子は飽きてしまったらしく、つつくのをやめた。するとホワイティは檻に前足を掛けて甘えるようにキャンキャン鳴く。

「喜んでいたんだね。遊んでもらって嬉しかったんだ」

祈一郎は感心して言った。

いつの間にか赤芝も窓際に来て、子供たちの様子を見ていた。そして女の子たちから少し離れたところで、気弱そうに微笑んでいる蓮を見ている。

「まるで僕みたいだ」

「蓮くんがですか？」

「僕はいつも姉のあとをついて回ってたんです。彩乃ちゃんはなんとなく姉に似ています」

「紗栄ちゃんって、ああいう感じだったの？」

祈一郎は一瞬意外だと思ったが、行動的な紗栄の子供時代は、こんな感じだったのかもしれないと思えてくる。

「すごくおてんばで、友だちもみんな乱暴な女の子ばっかりだったんです」

「わははは。それでおまえは女性恐怖症になったんだな。笑える」

奈々がまた怒るのではないかとヒヤヒヤしたが、完璧に潤を無視した。それはそれで恐ろしくもある。

「そういえば、辻さんは元気になったのかな。どう？　赤芝くん知ってる？」

「いえ」

と赤芝は短く答える。辻明日美の告白を聞いて、許せないという気持ちが強くなったのかもしれない。あの事故が紗栄のせいだと、まさかあれほどはっきり言ったとは、祈一郎にも驚きだった。

赤芝と奈々が退勤したあと、祈一郎は明日美の家に電話をかけた。明日美の母親の声がひどく暗く聞こえたのは、電話で話していることを明日美に聞かれないように、低く押し殺していたからなのかもしれない。だが祈一郎には、それが明日美の病状を暗示するようで不吉に聞こえた。

「お薬を変えてもらったのに、まだ幻覚があるみたいなの。それで本人もとても気持ちが乱れて、どんどん悪くなっている感じなの」

明日美に合う薬が見つかれば、よくなるはずだと母親は言う。

祈一郎は、「お大事に」としか言えなかった。他にどんな言葉があるだろう。ただ、一つ引っかかることがある。職場のパワハラで体調を崩したのは去年。そのあと紗栄と偶然に会った頃に急激に体調が悪くなったようだ。体調が悪くなったのは紗栄と会ったからなのか、それともたまたまなのか。祈一郎はなにか釈然としないものを感じるのだった。

5

今日も節子はラベンダーの丘で空を見ていた。

雲一つない快晴だった。どこまでも青く眩しく目にしみるようだ。時々トンビの鳴く声が聞こえ、風が吹くとラベンダーの香りに交じって、草花の匂いがする。

「今日は雲がありませんが、なにを見ているんですか？」

潤はちょっと意地悪く訊いた。

「空ですよ。空を見ています」

「それはいくらなんでも退屈でしょう。空ですからね。空《から》っぽですよ。空《くう》っていうくらいですから」

「空は見ていて飽きません。空にはいろんな色があるから」

「いろんな色が見えますか？」

「はい」

潤は空を見上げた。青空の色は、どう見ても青一色だった。

節子は空を見ていると飽きないというが、潤は半日で飽きてしまった。首が痛くなってきたし、立っているのも辛くなってきた。しゃがみ込んでラベンダーの花の上をのろのろと歩いているテントウ虫を捕まえ、手の上で這わせた。子供の頃にこんな遊びをしたような気がする。蟻のあとを追いかけてどこまでも歩いていったり、アメンボが水の上を滑るのをいつまでも眺めたりしていた。そういえば雲が流れて形を変えるのを、草の上に寝転がって、いつまでも飽きずに眺めていたものだ。

しゃがんだまま節子を見上げた。幼い日の悠子もこんなふうに、節子を見上げたのではないだろうか。

富良野の夢を見るという。その夢は悲しい夢だという。悠子が富良野にいたのは、四歳くらいまでだったはずだ。その頃の母との記憶が悲しいものだったのだろうか。

潤はテントウ虫にも飽きて、ラベンダー畑でこのまま眠ってしまおうかと思った。ひと眠りしても、節子はきっとこのままの姿で空を見上げているに違いない。

また長い時間が過ぎた。潤は眠ったような気がするが、起きていたようでもある。節子はさっきのままの姿勢で空を見上げていた。

「なにかやることがあったんじゃないですか？」

さすがの潤も退屈すぎて嫌になってきた。

節子はようやく見上げていた空から視線を下ろした。考えているようだ。

いいぞ。考えるんだ。

潤は期待を込めて節子の言葉を待った。

「やることが……あった。かな？」

「空ばかり見てたって思い出せないでしょう？　とにかくどこかへ行きましょう。そうだ、あなたの家に行こう。それがいい」

潤は節子の手を引いて適当に歩き出した。

「家はどこですか？」

「さあ」

まあいい。市街地に出れば思い出すだろう。

潤が考えたとおり、富良野の町並みが見えてくると、節子は初めこそ物珍しそうに行き交う車や人を見ていたが、自然に歩を進めた。

昭和五十年頃らしい。道行く人のファッションも車もひどく古めかしい。

節子は慣れた様子で商店街に入っていった。歩くうちに富良野の記憶が戻ってきたからなのか、いつの間にか白いかっぽう着姿になり、髪型も昭和っぽくなった。年齢は十歳以上若くなったみたいだ。

米屋、洋品店、金物屋の前を通り過ぎ、八百屋の隣の『町田食堂』と大きな看板のある店のガラス戸を開けた。

食堂には五人ほどの客がいた。銀色のプレートに盛られたスパゲッティやエビフライをサラリーマン風の男たちが食べていた。

節子は厨房で食器洗いを始めた。節子の夫がフライパンで肉を焼き、隣で夫の母親が盛り付けをしている。

なかなか繁盛している食堂らしい。厨房の奥から小さな顔が覗いていた。ふっくらした頬の形が悠子に似ている。手にはクレヨンが握られている。

しばらくの間、大人たちが働く姿を見ていたが、大人用のサンダルに足を入れ厨房に下りてきた。

「悠子、向こうに行ってなさい」

姑がきつい口調で注意する。

「いい子だから、茶の間でお絵かきしてなさい」

節子もなだめるように言った。

午後三時を過ぎた頃、ようやく客足が途絶えた。大人たちは遅い昼食を取るために居間に戻ってきたが、悠子は待ちくたびれて眠ってしまった。頬に涙のあとがある。

昼食が終わりほんの少し休憩すると、夜の仕込みをするためにまた厨房へ向かう。

悠子はまた一人でテレビを観ながら、雑記帳に絵を描いていた。

節子がすべての仕事を終え、夫婦の部屋に戻ると悠子はもう眠っていた。

夫の健夫《たけお》は、布団の上にあぐらをかいて煙草を吸っていた。

節子は隣の部屋に行き電気をつける。ストーブをつけようかと迷っている節子に、健夫が後ろから声をかけた。

「ストーブつけていいぞ。我慢するな」

昼間は暖かくて上着は必要なかったが、盆地にある富良野の夜はかなり冷え込む。

「大丈夫。もったいないから」

そう言って、毛糸のマフラーを首に巻いた。

「なあ、節子」

健夫は煙草の火をもみ消して言った。

「砂川《すながわ》の孝三《こうぞう》知ってるだろう？」

橋本《はしもと》孝三は健夫の従兄だ。砂川で料理屋をやっていたのだが、一念発起してすすきので居酒屋を始めた。これがとにかく繁盛して、砂川に「舞花御殿《まいか》」と呼ばれる豪邸を両親のために建てた。舞花というのは言うまでもなく居酒屋の名前だ。

「手頃な出物があるって、孝三が教えてくれたんだ。札幌駅の北側でさ、そこの店主が体悪くして、だれかに権利を売りたいんだって。もうお客もついてるから、経営のほうは心配いらない。どうだ節子。ここを売って札幌に行かないか」

節子はイーゼルに描きかけの絵を置いた。ラベンダーの丘、黒いポプラの樹。その上に広がる青空と白い雲。節子が毎日見ている風景だ。

「でも、私……」

「健夫の腕なら札幌で充分やれる、って孝三も言ってる。おまえの料理は札幌向きだって。俺もそう思うんだ。一、二年辛抱して手伝ってくれたら、節子は好きなことしてていい。儲かったらもっと立派なアトリエを作ってやる。一日中絵を描いていられるんだぞ」

節子は四畳半のアトリエを見回した。白い壁。板張りの床。大きな窓を生かした、明るい部屋だが昼間、ここで絵を描くことはほとんどない。

「私、このアトリエで充分だよ。ここで毎日絵が描けるだけで」

「節子の絵が欲しいって、校長先生の奥さんが言ってたじゃないか。節子だって札幌でもっといろんな人に絵を見てもらったら、有名になれるぞ。有名な画家にさ」

「でも、私」

「な、札幌に行こう。お袋も賛成してるんだ」

「お義母さんが」

節子は握りしめていた絵筆をじっと見ていた。おもむろにコバルトブルーの油絵の具をパレットで溶いて、少量のホワイトを混ぜる。何度も塗り重ねた空に、また今日も色を加えていく。節子の視界から健夫も悠子も消えた。あらゆる音が消えた。

目の前の描きかけの絵が節子のすべてだった。

6

日曜日である。けれども祈一郎は事務所で仕事をしていた。葦田家の孫、彩乃と蓮が庭で遊んでいるのをぼんやりと見ていた。

今週は、今抱えている仕事でもっとも気の重い仕事、八木家の内装を提案しに行かなければならない。

まだ一度も八木悠子には会えていない。志織は姉抜きで内装を決めてしまうつもりでいるらしい。ほとんど意地である。だが悠子のほうもかなりな意地っ張りのようで、祈一郎が提案した二つの案は、あっさりと却下された。

「子供はいいよなあ」

彩乃と蓮は早朝から庭でホワイティと遊んでいる。ちょっと荒っぽいが、潤に言わせると犬はやはり喜んでいるらしい。

「子供はいいなあ」

檻から出してもらったホワイティは、杭に長い鎖で繋がれている。子供たちの要望なのだろう、犬は檻の外で繋がれることが多くなった。葦田家は塀や門扉がないので、庭で自由に遊ばせることができないのだ。

彩乃が緑の蛍光色のボールを、「取ってこい」と叫んで投げる。ホワイティは嬉しそうにボールを追いかけるのだが、鎖の長さが限界になって、ピンと張ったところでホワイティは水平に首つりをした格好になり、地面にどさりと落ちる。ホワイティが取れなかったボールは蓮が走って取りにいく。これを朝からずっとやっているのだ。

子供の元気は当分なくなりそうにない。それで思わず、「子供はいいなあ」と羨望の言葉が出てしまうのだ。

「それにしても、ホワイティの首は大丈夫なんだろうか」

祈一郎はカウンターの椅子に座っている潤に訊いた。潤はウェッジウッドのカップに満たされたコーヒーの香りを堪能しているところだった。

「大丈夫だろう。あの馬鹿犬だったら、自分の首がなくなったって気付くものか」

なんともいい加減な答えだが、祈一郎も今はホワイティの首に構っている場合ではなかった。さっきからスケッチブックは真っ白だ。どういう方向でいくのかがわからないので、新しいデザインを提案しようにも、なにもアイディアが浮かばない。思わず深いため息が出てしまう。

「なんだよ。せっかくの日曜日にうっとうしいやつだ。町田志織が勝手に決めてしまおう、って言ってるんだから決めちゃえよ。最初は気に入らない、って言ってても住んでるうちに馴染んでくるさ」

「乱暴なことを言うなよ。悠子さんは悩んでいるんだよ。内装を変えることで悩みが解決されるんだ。たぶん」

「たぶん、か」

潤は馬鹿にしたように笑って、コーヒーの香りを深く吸い込んだ。

「そういえば、ラベンダーの香りって、心に安らぎをもたらすそうだな。まあ、コーヒーの香りもそうだが」

「悠子さんは子供の頃に富良野にいたそうだから、内装もラベンダー色を使ったりしてみたんだが、少女趣味で気に入らないって言われたよ」

「八木悠子の夫はなんて言ってるんだ？　住んでいなくたって自分のマンションなんだから要望があるだろう」

「志織さんが言うには、悠子さんの気に入るようにすればいい、って言ってるそうだ。それで悠子さんが元気になるなら文句はないって」

「ふーん」

彩乃は「取ってこい」に飽きて蓮と一緒に芝生にしゃがみ込み、頭を寄せ合っている。虫でも捕まえているのか気味が悪いほど静かだ。

「なにをやっているんだろう」

潤がピクチャーウィンドウに近づくと、ホワイティが突進してきて吠えついた。

「わ」

さすがの潤も不意打ちを食らって後ずさった。

「檻の外に出すのはやめてもらいたいな。祈一郎、抗議しろ」

これまでは朝の散歩の時だけ、ちょっと我慢すればよかったが、たしかにこれではうるさすぎる。だからといってこんなことで文句を言えるはずがない。

「子供たちがホワイティと遊べるように、塀を作るっていう話もあるぞ。この間、真知子さんが言ってた」

ホワイティは長い鎖をぴんと張って、こちらに向かいうるさく吠えている。

「リリアンはどこ？」

祈一郎はふと気が付いて言った。

「二階だ」

潤も意外な事の次第に目を丸くしている。潤は一歩ずつ後ろに下がって、ちょうど事務所の真ん中あたりまでやってきた。するとホワイティの視界から消えたのだろう。吠えるのをやめた。

「そうだったのか」

「そのようだな」

「いまいましい駄犬め。俺が見えるのか」

「てっきりリリアンに吠えているんだと思ってた。しかしそんなことはどうでもいい」

祈一郎は再び真っ白なスケッチブックに向き合った。

「どうでもいいだと？　あの馬鹿犬が俺のことを見てるんだぞ。許せん。雑種の分際で」

「雑種？　そうだろうけど、リリアンだって雑種だろう？　もともとノラ猫だし」

「おい、リリアンをノラとか言うな。リリアンにはホワイティなんかとは違う高貴な血が流れているんだ。おまえ、飼い主なのにそう思わないのか？」

リリアンに高貴な血が流れているとは思わない。だが犬でも猫でも人間でも、自分がどこから来たのか知っているのではないだろうか。自分のＤＮＡに刻まれた、なにかに突き動かされて生き物は生きている。

自分だってそうだ、と祈一郎は思う。なぜ建築の勉強をしたかったのか、崇高な志があったわけではない。言ってしまえば、なんとなくだ。父が建築士だからというのも理由の一つだが、もっと別ななにかに心を動かされこの道に進んだ。心の奥のどこか、頭の隅のどこか、それとも宇宙の彼方か地の底か。どこからともなく、「こっちだ」という声を、自分でも気付かずに聞いたはずだ。そうやって自分の進む道を決めてきた。

「自分が何者かわからなくなった時、人はどうすればいいのかな？」

「ああ、八木悠子か」

「僕の心が読めるのか？」

「おまえの考えていることくらいわかるさ。八木悠子は見失っているんだ。自分自身を。犬が死んだことは、きっかけでしかない。たぶん自分がなにをしたいのか知らずに生きてきたんだ。ずっと。長い間」

潤は冷めてしまったコーヒーに名残惜しそうに鼻を近づけた。

「十代の頃から家族のために家事をやって、自分が何者でどんなふうに生きたいか、なんて考える暇もなかったんだろうな。八木悠子は社会で働くチャンスがなかったけど、彼女のちょっと前の世代だったら、仕事をせずに花嫁修業をしていた人だってたくさんいたんだ。就職したとしても、それは結婚までのほんの繋ぎだった。腰掛けとか言ってさ。結婚して子供を育てることが女性の幸せだと言われていたんだ。そういう時代だったんだ」

「詳しいな」

「まあね。俺だったら、自分探しの旅を勧めるね。富良野とかにさ」

7

「お姉ちゃん見て、ほら、可愛い」

志織は銀細工のペンダントを指差した。

「これ、すごくきれい。雪の結晶なんだよ」

「あんた雪なんか見飽きてるでしょう？　そんなものが珍しいの？」

志織と悠子は、富良野のニングルテラスにいた。祈一郎に勧められ、一泊二日の旅に出たのだ。表向きは、「結婚前に姉と思い出作りの旅行に行きたい」という理由だ。

観光バスが立ち寄るような観光地ばかりを回り、人混みに疲れた悠子はずっと不機嫌だった。

だが、日が落ちたせいなのか、それともツアー客の行程とずれたからなのか、ニングルテラスの人影はまばらだった。木の遊歩道には小さなログハウスが点在していて、どのショップも眺めていて飽きない。

「私、これ買っちゃおうかな」

雪の結晶のペンダントを鏡の前で胸に当てた。

「さっきガラスのペンダント買ったじゃないの」

「だって、これもとっても可愛いんだもの」

迷った末に銀細工のペンダントを買い、店の外に出ると、ちょうどログハウスと木の遊歩道がライトアップされたところだった。遊歩道の両側に、蜘蛛の巣を飾る雫のような電球が灯されている。

「わあ、可愛い」

「うるさいわね。さっきから可愛い可愛いって、そればっかりじゃないの」

「だって可愛いんだもの。私、ここに住みたいわ。ニングルの森の妖精になるの」

「馬鹿じゃないの」

軽口をたたき合いながら木の遊歩道をぶらぶらと歩く。文句を言う割に悠子の機嫌も少しずつ直っているようだ。

ニングルテラスの一番奥から、さらに草深い道を進んでいく。

「ちょっと、こっちって山の中じゃないの？　こんな道行ってどうするの」

「大丈夫よ。こっちに喫茶店があるの」

そうは言ったものの、本当にこの道で合っているのか自信がなくなってきた。日も暮れてきたし、両側から草木が迫ってくるようなものすごい山道なのだ。だけど他に道はなかったはずだ。

「私が子供の頃は、狐がよく人を化かしたらしいわ。山の中で道に迷う人はみんなそう。人に化けた狐が歩き疲れるまで山道を引っ張り回すんだって。こっちだこっちだって言いながら。ちょうど今のあんたみたいに」

「私が狐だって言うの？　ひどい」

そうこうしているうちに、木々の間から三角の屋根が見えてきた。

「ほら着いたよ」

「狐じゃなかったんだね」

落ち着いたブラウンの木製のドアを開けると、中は広々としていて、カウンター、丸いテーブル、柱、梁まで趣のある深いブラウンだった。大きな窓からは、原始林とも言うべき木立が鬱蒼と繁っているのが見える。

幸い客は数組がいるだけだった。低い声で言葉を交わし、ふと訪れる沈黙の時間に、その広い窓から緑の洪水のような木々に目を遣るのだった。

「素敵ね」

志織は客たちの静かな時間をじゃましないように、そっと囁いた。

窓際に席を取ってコーヒーを注文する。

「ケーキも頼めばよかった」

「晩ご飯、食べられなくなるよ」

志織が物心ついた時からずっと言われている言葉を聞いて、思わず笑ってしまった。

「あ、見て。あれ薪ストーブだよね。素敵」

ストーブはちょっと見ない形だった。円筒形のガラスの中に薪が組んで置いてあり、その上に漏斗を逆さまにかぶせたような煙突がついている。今日は火がついていないが、そこで薪が燃えるのを見るのはさぞかし素敵だろう。

「今度は、素敵を連発」

悠子は小馬鹿にして口を曲げた。その時、口元まで持っていったコーヒーカップが中途半端な位置で止った。志織の後ろの壁を凝視している。

カップをソーサーに置くと、悠子はゆっくりと立ち上がった。

「どうしたの？」

志織も立ち上がり悠子の視線の先を追う。

そこには絵が掛けられていた。それほど大きな絵ではない。横幅が五十センチくらい。縦はもう少し短い。暗いトーンで室内を描いたものだ。正面には大きな窓。テーブルに椅子。そして煙突のついたストーブがある。

「この部屋。知ってる」

志織は驚いて姉の顔を見た。悠子はなにかに憑かれたように、その絵を見ている。

「お姉ちゃん」

不安になって声をかけた。だが悠子は微動だにしない。

「お姉ちゃん、この絵……あ。見て、ここ。Setsuko.M って書いてある」

絵の右下にはテーブルがあるのだが、その脚がある暗い床に、臙脂色《えんじいろ》の絵の具でそう書かれていた。

「これ、お母さんの名前じゃない？　ねえ、そうだよね」

悠子はすでに気付いていたらしく、やはりぴくりとも動かなかった。

「お母さんが描いたんだ、これ。それでこの部屋をお姉ちゃんは覚えているんだね。

上手ね」

「上手？」

突然、悠子は反応した。

「この絵が上手だっていうの？」

「上手でしょ。すごくうまいよ。この丸っこいストーブの鉄の感じがよく出てるし……」

「達磨ストーブ」

悠子はなぜか不機嫌で、ぶっきらぼうに言う。

「あと、ええっと。窓のガラスの感じも上手。あ、窓の向こうにラベンダーの丘が見える。すごい素敵」

「志織。上手いとか言うのやめてちょうだい。そういうことじゃないのよ」

「え？」

「この絵に込められた、悲しさとか苦しさとかがわからない？　寂しさとかやり切れなさとか孤独感とか……」

「でも、これ。部屋の中を描いただけの絵だし」

志織は自分に絵を見る目がないと言われて、ちょっとむっとした。

「色遣いや筆遣いに、私はいろんな感情が込められているのを感じる。もっと広くて明るい世界への憧れとか」

「ああ、そうね。それなら私もわかるわ。窓の向こうに明るいラベンダー畑があるしね。たしかにそういう憧れみたいなものは感じるわ」

悠子は返事をせずに黙って絵を見ていた。そこへ喫茶店の店員がやって来た。

「この絵、気に入られました？」

「そうなんですよ。すっかり好きになっちゃったみたいで」

悠子がなんとも言わないので、代わりに志織が答えた。

「昔、富良野に住んでいた人の絵らしいですよ。もう一枚、公民館にもありますよ。あまりたくさんの作品は残さなかったようなんですけど」

親切な店員はそう教えてくれた。

「公民館」

悠子はそう言って出口へ向かう。

「お姉ちゃん、ちょっと待ってよ」

志織は支払を済ませ、慌てて悠子を追った。

ニングルテラスの細い木道《もくどう》をほとんど走るようにして通り抜け、自動車が行き交う道に出る。悠子はイライラと左右を見ている。

「ひょっとしてタクシー捕まえようとしてる？　公民館に行くつもり？」

通りかかったタクシーを止め、悠子はさっさと乗り込んだ。

「ちょっと、どうしてそう自分勝手なの？」

「別に志織は来なくてもいいよ」

そう言われたからといって、「はい、そうですか」という訳にもいかない。仕方なく志織もタクシーに乗った。

十分ほどで公民館に着いた。職員がちょうど玄関のドアを施錠しようとしているところだった。時計を見ると五時を三分過ぎている。

「お姉ちゃん。もう閉まっちゃったよ。諦めよう。明日出直して来ようよ」

しかし悠子は中年女性の図々しさを遺憾なく発揮し、一度閉めた鍵を開けさせてしまった。それでも丁寧に頭を下げているのが救いだ。

「絵でしたら、ここのホールと二階の廊下に何枚か飾ってますよ」

職員の女性は、嫌な顔をするでもなく親切に教えてくれた。

一階のホールには、畳ほどもある大きな絵ばかりが飾られている。志織は舟と魚が描かれた絵に母のサインがないか探した。サインはあったが母のものではなかった。

悠子はホールに掛けられている十枚ほどの絵をざっと見ると、二階に上がってしまった。

どうやらサインを見なくても母の絵かどうかわかるらしい。

悠子のあとを追いかけて二階への階段を駆け上がる。

一枚の絵の前に悠子はいた。

それは喫茶店にあったものより一回り小さな絵だった。ラベンダーのなだらかな丘の向こうに黒いポプラの木があり、青い空と白い雲が描かれている。この絵の中心は空なのだと、絵心のない志織にもわかった。

悠子は静かに涙を流していた。たぶんこれは悠子が夢で見た景色なのだろう。それが母と一緒に見た記憶なのか、訊ねたいが言葉をかけることはできなかった。

再びタクシーに乗ってホテルに向かった。途中で悠子はスケッチブックと色鉛筆を買った。

ホテルに着くなり、悠子は絵を描き始めた。

それは喫茶店にあった、あの室内の絵だった。達磨ストーブ、テーブル、椅子。そして真四角な桟《さん》の大きな窓。その向こうに見えるラベンダーの丘。

志織はさっき咄嗟《とっさ》にスマホで撮影した写真と見比べた。

ほぼ同じだった。いや、違っているところを見つけるのが難しいほどだ。カーテンの質感やひだ。テーブルの上に置いてある細々としたもの。それが絵の具や筆だとわかって、ようやく志織はそこがアトリエであることに気が付いた。

二十分ほどで描き上げてしまうと、スケッチブックを置いて悠子は言った。

「居間のインテリアは志織にまかせていい？　私は物置に使ってる洋室を自分の好みに変えたいの」

8

富良野で自分の過去を思い出した節子に、エフェクトが現れた。青空とラベンダーの丘だ。節子の背後には、その美しい景色が常に映し出されている。

「私は富良野を離れたくなかったの」

悠子のマンションを見上げながら節子は言った。

「富良野の空をずっと描き続けていたかった」

「札幌にいたって、富良野の空は描けるんじゃないんですか？」

節子は視線を潤に据えて、無言で異を唱えた。

過去を思い出してから節子の顔つきは変わった。優しげな雰囲気は変わらないが、なにか中心が定まったような感じがする。だからこうして睨まれると、ちょっとひるんでしまう。背後に映し出される青空が後光のように明るく輝いていた。

「私の描く空は、富良野の人たちに好評だったの。これこそ富良野の空だって。校長先生の奥さんは美大を卒業した人だったんだけど、こんなきれいな空を描ける人はいない、って褒めてくれた。私は富良野にずっと住んでいたかったのに……」

「仕方ないですよ。あの時代は奥さんが旦那さんに逆らえる時代じゃなかった」

「私は絵を捨てるべきじゃなかった」

「それは自分に厳しすぎる。捨てたくて捨てたわけじゃない」

「優しいのね」

節子は悲しそうに微笑んだ。

「一年か二年、頑張ろうと思ってた。夫の言葉を信じて、レストランが軌道に乗るまでは。でも、札幌に行って二年目に義母が風邪をこじらせて肺炎で亡くなってしまったの。従業員を雇う余裕なんて、まだなかったから、私も必死になって働いた。あと一、二年って思いながら、結局十年も働いた。富良野にいた時みたいに、夜に絵を描くことだってできたのに、私はいつの間にか諦めてしまっていた。札幌に行ってからは一度も絵筆を持たなかった」

「後悔しているんですか？」

「後悔……。そうかも……ううん。違う。仕方なかった。あなたの言うとおり仕方なかったのよ。死んだ時、私は富良野のことをすっかり忘れてしまっていた。富良野の、あのきれいな空だけは忘れちゃいけなかったのに。それでさ迷っていたんだわ」

「よかったですね。思い出せて。悠子さんも自分のやるべきことが見つかったみたいだし」

「そうね。悠子には寂しい思いをさせたけど、これからは幸せになって欲しい」

節子は、ふとなにかに気付いたというように、潤を見た。そして言った。

「あなたもぼんやりしてないで、自分のやるべきことを思い出しなさい」

まさか節子にそんなことを言われると思わなかった。むっとして、なにか言い返そうと向き直った。その時、節子のエフェクトは、光を放ってラベンダーの花を揺らした。紫色の残像がいつまでも光っていた。

9

町田志織が事務所にやって来た。二日前に富良野の旅行から帰って来たという。

「草葉さんに言われたとおりに、森の中の喫茶店に行ったんです。そしたら母の絵が掛けてあって。もう、びっくりしました。姉はその絵をひと目見ただけで母の絵とわかったみたいなんです。ホテルに戻ってから、これを描いたんですけど」

志織はスケッチブックを広げた。大きな窓のある室内の絵だった。

「なにも見ないで描いたんですよ。で、もとの絵がこれです。急いで撮ったんで斜めになっちゃってますけど」

見せてくれたスマホの画像は、スケッチブックに描かれたものとそっくりだった。

「これを、なにも見ずに描いたんですか?」

祈一郎は驚いて、確認せずにはいられなかった。

「姉が絵を描いているところなんて見たことなかったし、絵が好きだっていう話も聞いたことなかったんですよ。それなのにさらさらっと描いてしまったんです」

「上手いものですねえ」

「こういう部屋にして欲しいんです」

「え？　この絵のですか？」

冗談かと思った。絵に描かれている部屋は、まるきり昭和の匂いのする部屋だ。趣はあるがなぜこんなふうにしたいのか理解できない。第一、さび色の達磨ストーブをどうやってマンションに設置するというのだ。

「ここは今、物置になっているんですが……」

志織はマンションの平面図を広げた。

「荷物は全部処分するそうです。この部屋を、絵のようにして欲しいんです。これは姉の希望です」

ほかにはリビングと水回りを改装するが、それはすべて志織に任されたのだという。築十五年のマンションだが、リビングと水回りに手を入れれば、新築マンションのような住み心地になるだろう、という祈一郎の提案を覚えていてくれたようだ。志織の中でも大体のイメージは固まっているらしい。

問題は絵のような部屋だ。その部屋は玄関から入ってすぐ、東向きの角部屋だ。構造上大きな柱があるために窓が小さい。

「この部屋は開口部が、この小さな窓だけです。マンションですから外壁に穴を開けるわけにもいきません。絵にあるような窓は付けられないのですが。それとこの達磨ストーブも付けられないですね。それともオブジェとして、こういうのを置きますか？」

「言うのを忘れてました。窓とストーブはいらないんです。でもフローリングとか天井の梁とか、あとテーブルや椅子もできるだけそっくりにして欲しいんです」

祈一郎は一応了解したが、首をひねらざるを得なかった。絵の中で存在感を放っているのは、真四角な桟が印象的な窓と達磨ストーブだ。それを抜きにしてしまって、果たして絵と同じと言えるのだろうか。もう一度確認したが、やはり窓がある壁は白い壁のままにしておいて欲しいという。

「あ、そうだ。これ、お土産です」

志織はメロンの写真がついたオレンジ色の箱を取り出した。

「あっ、これ」

思わず祈一郎は叫ぶ。

「『富良野メロンサイコロキャラメル』じゃないですか」

志織は驚いたような呆れたような顔で、「ええ、そうですけど」と笑いまじりで言った。

「これより美味しいキャラメルを、僕はまだ食べたことがありません。『富良野メロンサイコロキャラメル』はキングオブキャラメルです」

「こんなに喜んでいただけるなんて」

と志織はまた笑ったが、すぐに真顔になった。

「富良野旅行を勧めてくださって、本当にありがとうございました。姉もすごく元気になって生き生きしてるんです。シェリーのケージやトイレを捨てたら、ほかのものも捨てたくなったって、一日中不要品を整理しているんですよ。『森の時計』にはぜひって、言ってたでしょう？　知ってたんですか？　あの喫茶店に母の絵があること」

祈一郎はなんと言うべきか迷った。節子の絵があることは潤から聞いたのだ。悠子にその絵を見せれば、なんらかの変化が期待できるだろうと。そして潤にそれを教えたのは節子だという。

まさか、あなたのお母さんが教えてくれたんですよ、などとオカルトめいたことも言えない。

ここはやはり、知らなかったことにしておいたほうがいいだろう。祈一郎がようやく口を開きかけた時、志織は言った。

「知ってたんですね。姉があの絵を見つけることも、予想していたっていうことですか？」

志織の目がキラキラしている。「そうだ」と言って欲しいみたいだ。

「ええ、まあ」

「ああ、やっぱり。そうだと思ったわ。でも、どうして言ってくれなかったんですか？　ひょっとしたら、姉は絵を見つけられなかったかもしれないじゃないですか」

「そうですね。お教えしたほうがいいとは思ったんですが、きっと絵とお姉さんは互いに引き合うように出会うだろうと思っていました」

祈一郎は冷や汗をかいていた。

悠子が母親の絵を見つけられるように、潤がなんとかするはずだった。だが、なにかをするまでもなく、悠子は絵を見つけたのだそうだ。

志織は微笑んでうなずいた。

「あの喫茶店に行って、姉の時計が動き出したような気がしました。『森の時計』は姉が来るのを待っていたんだなって」

志織が帰ったあとも、祈一郎は心の中に生まれた暖かいものに包まれていた。

「なにをニヤニヤしている」

「潤のおかげだよ。八木さんが元気になった」

「俺はなにもしてないぞ」

「素直じゃないな」

祈一郎が二つ目のサイコロキャラメルに手を伸ばすと、「よくそんなに甘いものばかり食べられるな」と嫌な顔をしつつ、潤はキャラメルの匂いを嗅いだ。メロンの甘い香りが事務所の中に広がる。

電話が鳴った。祈一郎が受話器を取ると、辻明日美の母親からだった。今朝、なかなか起きてこないので、部屋を見に行ったらいなかったというのだ。

「明日美の行きそうなところに電話したり、行ってみたりしたんだけどどこにもいなくて。それで、草葉さんのところに行ってないかなと思って」

「来てないですよ。今朝早くに家を出たということですか？」

「それがわからないのよ。昨夜、十時半頃かな。おやすみ、って言って自分の部屋に行ったの」

明日美はいつものそのあと部屋で雑誌でも見ているのか、電気が消えるのは十二時近くになってからだという。その夜も、明日美の母が十一時頃に寝ようとすると、まだ電気はついていたそうだ。明日美の母が起きたのが朝の六時だから、その間に出て行ったらしいと言う。

「持ち物はどうですか？　どんなものを持って行きましたか？」

「コンビニに行く時に持つ小さいトートバッグがなくなってるから、お財布とか携帯は持っていると思うの。でも携帯は電源が入ってなくて。旅行に行く時のバッグはあるし、服も普段着を着ていたはずよ。赤芝さんの実家にも行ってないの。そこに武くんはいる？」

「赤芝くんは、朝から現場のほうに行ってます。訊いてみますね」

事務所の電話はそのままにして、携帯で赤芝に電話をかけた。明日美からはなにも連絡はないという。行き先がわからないのだ、と言うと連絡があったらすぐに知らせる、と答えた。

明日美の母にもそれを伝え電話を切った。

なんともいえない不安感が押し寄せてくる。

庭の杭に繋がれたホワイティが、さっきからずっと遠吠えのように吠えているので、そのせいかもしれない。

「すまないが潤。もっと窓から離れていてくれないか」

しかし潤が奥にあるカウンターの椅子に腰掛けても、ホワイティの遠吠えは止まなかった。葦田真知子がたまりかねて家から出て来た。犬を叱りつけ、檻の中に入れるとようやく声は止んだのだった。

昼過ぎに赤芝と奈々が現場から戻ってきた。

「心配ですね」と奈々。

「辻さんが帰って来たら、すぐに電話をくれるそうだ」

口には出さないが、夜に出かけてまだ帰ってこないということは、かなり心配な状況だと誰もが思っている。事件や事故に巻き込まれたのではないか。そもそもなぜ、夜に出かけてしまったのか。

午後はみんな口数が少なかった。潤でさえリリアンを抱いたまま、なにも言わずにぼんやりと時間をやり過ごしていた。

そんな時だった。辻明日美が『クサバ企画』の玄関に現れた。そしていきなり、

「紗栄は来てる？」と訊く。いないと答えるとひどく落胆した。

「辻さん。いままでどこに行ってたの？　お母さんが心配してたよ」

明日美は疲れ切った様子だった。顔に血の気はなく唇はひび割れていた。今日はずっと雨が降りそうな曇り空で気温も低かった。明日美は薄いコートを着ているものの、いかにも寒そうで小刻みに震えていた。

祈一郎は明日美をソファに座らせると母親に電話をした。すぐに迎えに来ると言

う。その間に赤芝が温かいココアを入れ、奈々が自分の膝掛けをかけてやった。

「紗栄がうちに来たの」

明日美は昨夜からのことを話し始めた。寝ようとして何気なく外を見ると、寝室の窓の下に紗栄が立っていたというのだ。

「私に言いたいことがあって来たのよ。でも遅い時間だから、どうしようかって迷ってるみたいだった」

明日美も紗栄に謝りたいから、どこか深夜でも開いているところで話をしようとコートを着て外に出た。しかし紗栄の姿はなかった。遠くへは行っていないはず、と走り回っているうちに自分がどこにいるのかわからなくなったという。

祈一郎は、「本当に紗栄を見たのか。見間違えではないのか」と訊きたいのをぐっとこらえていた。自宅から徒歩で行ける距離で迷子になってしまうのも奇妙だ。明日美は大丈夫なのだろうか。

赤芝と奈々も同感のようで、不安そうに顔を見合わせていた。

「明るくなるまで、紗栄を探して歩き回ってた。気付いたら札幌駅にいたの。ああ、紗栄は飛行機に乗って、また外国に戻ってしまうんだ、って思って。それで新千歳空港に行って、成田行きの飛行機の時刻を調べていたら……」

明日美は顔を上げて三人の顔を見回した。頬が上気していた。

「紗栄がいたの。前と同じ大きなスーツケースを持っていた」

「それで、紗栄ちゃんは飛行機に乗ったの？」

「わからない。見失ってしまったから。だからたぶん飛行機に乗ったんじゃないかと思って家に帰ろうとしたの」

明日美は紗栄と話ができなかったので気落ちしていた。札幌駅から地下鉄に乗るために、地下を歩いていると前を紗栄が歩いていた。

そこまで聞いて、祈一郎は明日美の精神状態が普通ではないと確信した。薬の副作用で幻覚を見ると聞いていたから、それに間違いないだろう。とにかく明日美が無事でよかったが、病状のほうが心配だった。

「百メートルくらいかしら、前を歩いていたの。追いかけたんだけど、紗栄は地下鉄に乗ってしまって。それで、草葉さんのとこに行ったのかな、って急に思い付いて来てみたの」

明日美がココアを飲み終わる頃、母親が到着した。何度も礼を言いながら、明日美の肩を抱きかかえるようにして帰っていった。

「とにかく良かったですね。辻さんが無事で」

赤芝は言葉とは裏腹に硬い表情だった。紗栄と会ったと言いながら、明日美以外は誰一人として紗栄の姿を見ていないのだ。明日美の幻覚だという疑いが濃くなったいま、不快に思うのは当然だ。祈一郎自身も明日美に翻弄されている感は否めない。

重苦しい空気の中ようやく一日が終わり、赤芝と奈々は退勤していった。

祈一郎は一人になると、八木家の図面を広げ仕事に取りかかった。

「気分転換が仕事とは呆れるね」

潤はすっかり暗くなった葦田家の庭を見ながら言った。

「気分転換というわけじゃないさ。ただ、やりたいからやってるんだ」

「趣味を持てよ、趣味を」

祈一郎に趣味はある。植物を観察したり甘いものを食べたり、それから山登りもだ。だが、どの趣味も自然と紗栄のことが思い出されてしまう。紗栄と一緒に食べたスイーツ。紗栄と一緒に登った山。一緒に見た木々。

もういいかげんに紗栄を忘れる時期が来ているのかもしれない。

「ああ、もう真っ暗だな。あの馬鹿犬が最近檻の外に繋がれてるんで、庭を眺めることもできない」

「おまえ、庭を眺める趣味なんてなかっただろう」

「なにを言っている。俺はいつも庭を見ていたんだ。こんど葦田さんに言えよ。太陽電池の付いたガーデンライトがあるだろう。あれを付けろって」

「いい考えだな。防犯にもなるし、なにより庭が素敵になる。だけどそんなこと言えないよ」

とりとめのない話もいつしかネタ切れとなり、潤はどこかへ出かけていった。

どのくらいの時間、仕事に没頭していただろう。電話が鳴って祈一郎は、はっと顔を上げた。また明日美の具合が悪いのだろうか。

「もしもし」

恐る恐る相手の声を待った。数秒の間があって、相手も、「もしもし」と返してきた。女性の声だったが、明日美の母親ではない。

「祈一郎さん？」

息が止まった。

「もしもし」

祈一郎が返事をしないので、咎めるように繰り返す。

声の主の名を、祈一郎はようやく口にした。

「紗栄ちゃん？」

10

紗栄の話は奇妙だった。夢か、あるいは明日美のように幻聴を聞いているのか。それともだれかが紗栄になりすましているのか。だが、声はしっかりと祈一郎の耳に届いて、紛れもなく紗栄の声だった。

「やっぱり札幌に帰って来ていたんだね」

「いいえ、札幌にはいない」

「だけど、辻さんが紗栄ちゃんを見たと言っていたよ」

「明日美が見たのは私じゃないわ」

「それ、辻さんに言ってあげてくれよ。辻さんはいろいろと精神的に大変なんだ。きみと話をすれば、きっと気持ちも落ち着くよ」

「それはできないの」

「紗栄ちゃん、今どこにいるの？」

「ごめん。それは言えない」

「どうして」

紗栄は謝るばかりで、どこでなにをしているのか、なぜ言えないのかを言おうとしない。それどころか、紗栄が電話をかけてきたことをだれにも言わないで欲しいと言う。

「紗栄ちゃん、それは無理だよ。きみのご家族だってどんなに心配していたか。電話があったことを知らせないでいるなんて、そんなことはできないよ」

「ずっとじゃないの。ほんの何日か黙っていて欲しいだけ」

どういうことかまったくわからず、絶句していると紗栄は続けた。

「週末、神威岳に一緒に登って欲しいの」

「神威岳に？」

「あの時、頂上まで行けなかったでしょう？　どうしても行きたいの。三人で」

「え？」

「十年前の登山をやり直したいのよ。だから霧島くんを必ず連れて来て」

「だけど潤は……」

「ええ、そうよ。その彼を連れて来て欲しいの。その時になにもかも全部話すわ。どこでなにをしていたのか。どうして連絡できなかったのか。山から下りたらなにも隠すことはないから、祈一郎さんはみんなに話していいわ。なにもかも」

「それじゃあ、登山のあとにみんなに会いに行くんだね」

紗栄は少し間を置いたが、「ええ、行くわ。必ず」と力を込めた。

電話を切ったあと、祈一郎はまさに狐につままれたような気がして、しばらくぼんやりしていた。

本当に今の電話は紗栄からなのか。だが、何度思い返しても紗栄本人としか思えなかった。

約束の日はすぐにやって来た。その間、赤芝は現場に出ていることが多く、奈々は珍しいことに風邪をこじらせたとかで仕事を休んでいたので、黙っていることの後ろめたさをあまり感じずにすんだ。

高速道路で苫小牧まで車を走らせ、そのあとは国道235号線をひたすら浦河まで行く。神威山荘まで四時間以上かかる道のりだ。

「おかしなことになったな。潤もそう思うだろう？」

助手席に座っている潤に、紗栄との電話の内容を話して同意を求めた。潤は出発してからずっと、なにかを考え込んでいるようだった。

「なあ、どう思う？　そもそも本当にあの電話が紗栄ちゃんからだったのか、今となっては自信がないんだ。だれかにからかわれているんじゃないかな」

珍しく潤は口数が少なく、なにを言っても心ここにあらずといった感じだった。それでも十年前に弁当を買ったセイコーマートに到着すると、うきうきと弁当の品定めを始めた。普段は甘いものに見向きもしない潤だが、登山の時は別で、行動食という歩きながらエネルギーを補給できる食べ物を持って行く。今日もチョコレートや柿の種などを買うように祈一郎に指示している。

買い物を済ませ神威山荘に向かう。紗栄とはそこで落ち合うことになっている。山荘が見えてきて、入り口にオレンジ色のウエアを着た人が見えた。

「あれ、赤芝さんだな。十年前と同じ色のウエアを着ている」

潤が言うより早く紗栄だと気付いていた。ウエアだけでなく、紗栄自身も少しも変わっていないのが遠くからでもわかった。

紗栄もこちらに気が付いたようで笑顔を向けてきた。

昔のままの笑顔だった。懐かしさに胸が締め付けられる。この十年、黙って姿を消した紗栄を恨めしいと思う気持ちはたしかにあった。だが、この笑顔がまた自分のもとに帰ってきたのだ。わだかまりはすべて水に流すことができるかもしれない。

祈一郎は車を停めると、滑るように降りて紗栄の元に駆け寄った。最初に言う言葉は、いくら考えても思い付かなかった。たぶんなにも言わずに紗栄を抱きしめるのではないか、そんなふうに想像していた。

しかし祈一郎は、ただ紗栄の前に突っ立っていただけだった。紗栄がそこにいるというだけで、もう、なにもかもが満たされた思いだった。言葉をかけることも、手を握ることもできない。

「天気予報が当たったわね」

紗栄はまるで昨日も祈一郎と会っていたような軽い調子で言った。

「お湯を沸かしてくるわ。少し早いけどお弁当にしましょう」

山荘に紗栄が消えると、潤がうしろからやって来て祈一郎の肩を小突いた。

「登山用の服だぞ」

潤は、どうだというように胸を張った。十年前と同じブルーのジャケットを着ている。

「ああ、そうだな」

少し前に二人で小樽の塩谷丸山に登った時、潤が黒いスーツ姿だったことを思い出した。

山荘の駐車場に車が一台到着した。中年の男性の二人連れだ。山に慣れているらしく、テキパキと荷物を整理し食事の準備を始めた。

紗栄が沸かしたお湯でインスタントの味噌汁を作り、夕食をとる。山荘の中より、外のほうが明るいので小屋の前の切り株に座って弁当を食べた。

「山の中で食べると、どうしてこうなんでも美味しいのかしら」

「空気が美味いからだろうな」

潤が弁当の中に入っていた冷たいスパゲッティを食べながら答えた。どちらかというと美食家の潤は、弁当に入っている付け合わせのスパゲッティに必ず文句を言ってから残さず食べるのだが、今日はひと言も不平を言わない。

祈一郎は心の中で何度も紗栄に問いかけている。

『今までどこにいたの？　なにをしていたの？　どうして連絡してくれなかったの？』

しかし実際に口から出る言葉は、どうということのない戯《ざ》れ言《ごと》ばかりだった。紗栄も潤も同様に、つまらない話をしては大げさに笑い合った。祈一郎もいつになくよく喋り、大笑いした。二人連れの男性が時々こちらを見て笑っていた。

食事が終わる頃、若いカップルが到着し、続いて筋骨たくましい四人の男たちがやってきた。しばらくは賑やかな話し声が聞こえていたが、暗くなるとみんなシュラフの中で寝息を立てはじめた。

「起きてる？」

紗栄がささやく。この山荘で眠っていないのは二人だけだということはわかっていた。

「うん」

「ちょっと出ない?」

外の空気は刃物のように冷たかった。その分、硬質で繊細な星の光が地上に降り注いでいた。

二人は無言で長い間空を見上げていた。祈一郎はふいに泣きたくなった。紗栄も同じだという確信がある。

星明かりの中、どちらからともなく小屋の前の切り株に座った。

「どうしていいかわからなかった」

唐突に紗栄が言う。祈一郎は無言で紗栄を正面から見つめていた。

「霧島くんが死んでしまったって聞いた時に、どうしていいかわからなかったの。もう、生きることも死ぬこともできない気がして、ほんとうにどうしていいかわからなかった」

紗栄の声がか細く頼りなくて、祈一郎の涙腺をさらに刺激する。

どうして紗栄は、自分を頼りにしてくれなかったのだろう。十年前に、潤の死を一緒に悲しんで支え合う相手として、どうして祈一郎を選んでくれなかったのか。

「どこか遠くに……うんと遠くに行きたかった。それで病院を抜け出してロンドンに行ったの」

「どうしてロンドンなの？」

「なんとなく、かな」

紗栄は首をすくめて笑った。

「ロンドン行きの飛行機がちょうどあったから」

祈一郎も思わずつられて笑った。紗栄らしいと思った。

「飛行機に乗ったら『V&A《ヴィアンドエー》』に行くことに決めた、というか決まっていたような気がした」

「ああ」

と祈一郎は吐息のような声を漏らした。ヴィクトリア・アンド・アルバート博物館は、いつか二人で行こうと約束していた場所だ。紗栄の目的はラファエロ・ギャラリーと、V&Aカフェのモリスルームでお茶を飲むことだった。紗栄が見せてくれた、ウィリアム・モリスがデザインしたという落ち着いた雰囲気のカフェの写真を思い出した。

「それじゃあ真っ先にラファエロを見に行ったんだね」

「ううん。それが最初に行ったのが家具のところだったの。祈一郎さんがチッペンデールの椅子が展示してあるんだよ、って教えてくれたでしょ？　その時に猫脚家具が好きだって言ってたわよね。カブリオレって呼ばれている猫脚の中でも、ハイヒールを履いたような優美なフレンチカブリオレじゃなくて、龍が珠《たま》を摑んでいる男性的なカブリオレが好きだって」

紗栄の記憶力に舌を巻いた。たしかに自分はそんなふうに言った記憶がある。

「それであの博物館のチッペンデールの椅子がボール《珠》・アンド・クロウ《かぎ爪》だと思い込んでいたの。でも、実際に展示されていたのはそうじゃなかった」

紗栄はその時に初めて、衝動的に日本を出てしまったことを後悔したという。そこに祈一郎の言っていた椅子がなかった。そのことが紗栄の心の最後の支えを突き崩した。

「気が付いたら、隣に立っている男の人がハンカチを差し出していた。私、泣いていたの。自分でもよくわからないけど、チッペンデールの椅子の前で。その人はイギリスの家具の歴史を研究している人で、私のことをはるばる日本からチッペンデールの椅子を見に来て、感激して泣いている人だと思ったらしいわ」

男性がアレックス・モリスと名乗ったので、てっきりウィリアム・モリスの子孫だと思ったという。あとでわかったのだが、あの有名なデザイナーとはまったく関係ないのだそうだ。

アレックスはこれから家具の工房に行くので一緒にどうか、と誘ってくれた。家具工房がコルチェスターと聞いて、一も二もなく同行することにした。十二世紀に建てられ、今は博物館となっているコルチェスター城を一度見たいと思っていたからだ。

ロンドンからノーリッジ行きの特急で約一時間。コルチェスターに到着するまで、紗栄のことをチッペンデールの崇拝者と疑わないアレックスは、不思議な話をしてくれた。

眉が太く精悍な顔立ちをしているアレックスは、五十五歳という年齢よりもかなり若く見えた。背はそれほど高くなく、短く刈り込んだ髪は、金髪なのか白髪なのかよくわからない。

今日会ったばかりの中年男性と二人で電車に乗り、まるで秘密を打ち明け合うように頭を寄せて話をするのは不思議な気分だった。

チッペンデールのどんなところが好きか、などと訊かれ、紗栄はそれほど詳しくはないのだと白状した。アレックスは訝かしげな顔をしたが、すぐに熱っぽく語り始めた。

トーマス・チッペンデールは一七一八年にウエスト・ヨークシャー州の小さな町で生まれた。三十歳の時にロンドンに出てきたあと、『紳士と家具師のための指針』という家具の専門書を出版し、チッペンデール様式と呼ばれて一躍有名デザイナーになった。

チッペンデールのデザインはロココ様式にゴシック様式とシノワズリ(中国趣味)を融合させたものだ。

アレックスがその話をしようと思ったのは、たぶん紗栄が東洋人だったからだろう。

「チッペンデールは庶民のための家具をデザインしたと言われているけれども、実はほとんど知られていないが、貴族にも依頼されて家具を作っていたことがあるんだ。その貴族というのが、デヴォンシャー公爵夫人なんだよ」

「そう言われても」

イギリスの貴族の名前はよく知らない。

「ジョージアナ・キャヴェンディッシュだよ。映画にもなったけど、観てない?」

「ジョージアナ。ああ、観たわ。あの映画」

原題はなんというのか知らないが、邦題は『ある公爵夫人の生涯』というものだった。ジョージアナは社交界の華ともてはやされたが、不幸な結婚生活を送った。映画の中の「イギリス中で彼女を愛していないのは夫だけだ」というセリフがとても悲しかった。二十五年もの間、夫の愛人となった親友と同居していたというのも、信じられないほどに残酷なことだ。

「とても不幸な人だったからね。そういうものにすがりたくなるのは、よくわかるよ」

「そういうもの？」

「うん」

アレックスは眉根を寄せ声を落とした。

「Cintamani」

「チンターマニ？」

意味がわからないと言うと、東洋人なのになぜ知らないのだ、というように何度も繰り返した。アレックスは少しイライラして、「a magic wish-fulfilling gem of the dragon-king of the sea」と説明した。

「海のドラゴンキングの……魔法の……願いをかなえるジェム……宝石」

如意《にょい》宝珠《ほうじゅ》のことだとようやくわかった。

アレックスは満面の笑みで深くうなずいた。日本では神功皇后《じんぐうこうごう》が海神からもらったことになっている。すべてのことが意のままになるという珠、龍珠《りゅうじゅ》だ。

「チッペンデールはデザインにシノワズリを取り入れる過程で、東洋の思想や伝説にも興味を持ったんだろうね。そしてチンターマニの研究をした。それを聞きつけたデヴォンシャー公爵夫人は、苦しい人生をなんとかすべく、チッペンデールの研究を支援した。チッペンデール様式の椅子が龍の爪でしっかりと珠を握っているものが多いのは、そういう理由からだと言われている。ま、そこら辺は僕を含めた一部の研究者の意見なんだがね」

「チッペンデールは、そのチンターマニを手に入れることができたんですか？」

「うん。僕はできたと思っている。デヴォンシャー公爵夫人は死ぬまで親友であり、夫の愛人であるエリザベスと一緒に暮らしたんだが、自分が死んだあとは、エリザベスが公爵夫人になるようにと遺言している。僕たちみたいな庶民には理解できない感覚だよね。チンターマニのおかげで、デヴォンシャー公爵夫人はなんらかの幸福を手に入れたんじゃないかな」

チッペンデールの足跡《そくせき》をたどるうちに、デヴォンシャー公爵夫人からチンターマニを返還されたらしいことが最近になってわかったのだという。

「それが今どこにあるのか、もう少しでわかりそうなんだ。信じるかい？」

とアレックスはいたずらっぽく笑った。

紗栄は微かな星明かりの中で祈一郎を見つめていた。

「私はアレックスと一緒に龍珠を探すことになったの。それを手に入れて霧島くんを生き返らせたい。私がロンドンにいる理由や、霧島くんを死なせてしまった経緯を聞いて、アレックスは一緒に探すことを承知してくれたわ。家具工房で働けるように口をきいてくれて、住むところも世話してくれたの」

「そうか、紗栄ちゃんはイギリスの家具工房で働いていたんだ。それで龍珠は見つかったの？」

紗栄は肯定とも否定ともつかない微笑みを浮かべた。

「明日、十年前の山登りをやり直すの。時を巻き戻すのよ」

紗栄があの山登りをやり直したい、と言うのなら何度だって付き合ってあげるつもりだ。それで紗栄の気が済むのなら何度でも。

「もう、寝ましょう。明日が辛くなるわ」

「そうだね」

なにも今、紗栄の言っていることはおかしいなどと咎めることもない。祈一郎は紗栄に続いて山荘に入り、寝袋にもぐり込んだのだった。

祈一郎と潤は身支度を済ませ、登山口のそばで紗栄を待っていた。

「遅いな。女ってのは時間がかかるねえ」

そこへ四人のたくましい男達がぞろぞろと山荘から出てきた。不意に祈一郎は、その男達が十年前に会った人たちではないか、と思った。大怪我をした潤のために山荘まで駆け下り、ドクターヘリを呼んでくれた人たちだ。

本当に時は巻戻ったのか。

潤のザックから紐が垂れていた。

祈一郎は無言でそれを直してやった。

「サンキュー。祈一郎くんはよく気が付くねえ」

潤が祈一郎の頭をガシャガシャと撫でた。

それを山荘から出てきた紗栄が見ていた。一瞬立ち止まり悲しげな顔をする。だがすぐに笑顔になって、「お待たせ」と言った。

三人は並んで出発したが、すぐに潤だけが少し先を行くペースとなった。潤が速いのではなく、紗栄と祈一郎が遅いのだ。やり直しの山行を味わおうとするかのように紗栄はゆっくりと歩く。祈一郎はそのペースに合わせ、紗栄と並んで歩いた。

「十年前もあなたたちは、あんなふうにじゃれ合っていたわね」

祈一郎もそれは覚えている。潤と祈一郎にとっては、なんということもないごく普通のことだ。

「とてもあなたたちの間には入り込めないって思った。祈一郎さんと霧島くんはとても強い友情で結ばれている。ううん。友情以上のものに見えた。私には見せたことのない顔で、あなたは霧島くんと笑い合っていた」

「紗栄ちゃん」

紗栄はなにも言わせまいとするかのように小さく首を振った。

「私、嫉妬したのよ。あなたたちに。それであなたを悔しがらせてやりたくて、霧島くんと並んで歩いたの。そして霧島くんは私の荷物を持ってくれて、あんなことになった。私のせいなのよ。私が嫉妬したから。だから霧島くんは死んだの。私はあなたたちの仲を永遠に引き裂いてしまった」

勾配がきつくなってきて紗栄の息は弾んでいた。絞り出すように言った言葉が、祈一郎の胸を切なく波立たせる。

「それは違うよ、紗栄ちゃん」

祈一郎の息も切れていた。

「僕も紗栄ちゃんたちに嫉妬したんだ。だから一人離れて先を歩いた。そばを歩いていたら、もっと浅いところを探そうか、って相談できたんだ。実際、相談しようとして振り返ったんだよ。だけど二人が仲よさそうにしているんで、そのまま渡ってしまった。紗栄ちゃんには少しキツいかもしれないと思ったけど、潤がそばにいるからいいや、って」

もう、話をするのがつらいほど斜面は急だった。先を歩いている潤が立ち止まってこちらを見ていた。

「僕のせいでもある。僕はずっとだれにも言えずに……」

涙があふれてきた。息が切れているのか嗚咽なのかわからない。

「二人がいなくなって、僕は、ずっと一人ぼっちだった。もう、こんな……寂しいのは嫌なんだ。どこにも行かないでくれ」

祈一郎は紗栄の手を握った。細くて温かな手だった。紗栄はなにも言わずに握り返してきた。

ガレ場と徒渉を何度か繰り返し、あの沢に出た。十年前に潤が命を落とした場所だ。

紗栄に緊張が走ったのがわかった。だが潤は、何事もなく軽やかな足取りでその沢を渡っていった。渡り終えてからこちらに振り向き、「おーい」と手を振った。

「イチャついてないで、さっさと渡れ」

冗談めかして言う。

沢の水は、十年前と違いとても少なかった。最近このあたりに雨が降っていなかったのだろう。この水の量なら苦も無く渡れるはずだ。

沢の真ん中に来た時に、紗栄が静かな声で言った。

「見て。鹿がいる」

紗栄の視線をたどると、向こう岸の藪の中からエゾ鹿がこちらを見ていた。立派な角を持った雄の鹿だ。濡れた黒い大きな目は、どこか思慮深げだった。潤や紗栄には目もくれず、祈一郎だけをひたと見据えていた。

頂上へは順調な道のりだった。上級者向けの山であるから、たしかにキツかったが山頂に立てば、その辛さはすべて忘れてしまう。

黒く青く煙《けぶ》り、折り重なる稜線に三百六十度囲まれ、まさにここが神のいる山、神威岳なのだと納得する。

祈一郎は言葉もなく山々の偉容に呑まれていた。

視界の端に潤がいた。潤もまたこのながめに圧倒されているようだった。ゆっくりと右から左へ視線を移し、そのまま祈一郎のほうへ顔を向けた。

その時、祈一郎はなにかが起きる予感に襲われた。潤の黒目がちの目が、さっき出会った牡鹿のように潤んでいた。

潤はなにか言いたそうに唇を動かしたが、なにも言わずに薄く微笑んだ。

突如として祈一郎の目に、まぶしい光が飛び込んできた。光の向こうで潤の体もまた金色に輝いている。

光りながら、潤の体は金色の粒子となっていく。

崩れ、少しずつ形を変える。

細く長く引き伸ばされ、胴をくねらせた龍の姿となった。そしてそのまま青い空に昇っていった。

残されたものは金色の残像だけだった。

「潤、まさかそんな」

祈一郎は呆然と空を見上げていた。

「そんなばかなことが」

あるはずないよね、と同意を求めて紗栄を振り返った。

紗栄が泣きそうな顔で立っていた。紗栄の体が透けて遥か彼方の稜線が見えている。慌てて駆け寄ろうとすると紗栄が口を開いた。

「ごめんね」

それだけを言い残して、紗栄の姿は消えてしまった。

11

神威岳に登ってから三ヵ月ほどが過ぎていた。あの山行を時々思い出すのだが、客観的に考えて祈一郎は、一人で山に登っていたのだろう。紗栄は時間を巻き戻すと言っていたが、龍珠は見つからず、それはできなかったのだ。

祈一郎は一人で山荘に行き、一人で食事をした。居もしない潤や紗栄と会話をしていたことになる。山荘では一人で喋り、笑いながら弁当を食べていたということだ。どうりであそこにいた中年男性の二人組がこちらを見て笑っていたわけだ。あれはそういう理由だったのだ。

祈一郎は思わず声を上げて笑った。自分がどんなふうに見えていたか、たびたび思い出しては、そのたびに恥ずかしさでいたたまれなくなる。

「祈一郎さん。あの……」

奈々が心配そうにこちらを見ていた。

「あ、ごめん。思い出し笑いなんだ」

神威岳に行ったあと、奈々に呼び出され、大通の地下にある老舗の喫茶店で話をした。チーズケーキが有名で、二人は深く考えもせずそれを注文した。ケーキセットが運ばれてきて店員が行ってしまうと、奈々はぽろぽろと涙をこぼした。

「奈々ちゃん。どうしたの？」

祈一郎はおろおろと辺りを見回し、ポケットからハンカチを出して貸すべきか迷っていた。

「すみません。許してください。こんなことになるなんて思わなかったんです」

「え？　どういうこと？」

「潤さんが消えてしまったことです」

奈々は涙を拭いて顔を上げ、「許してください」とまた謝った。

「私、紗栄さんに会ったんです」

「いつ？」

「先週の水曜日です」

水曜日といえば奈々が風邪をこじらせたと言って休んでいた日だ。その週はそのままずっと休んでいたので心配していたのだ。

「紗栄さんは私に、潤さんを生き返らせて欲しいって頼みに来たんです」

「えーっと。幽霊の紗栄ちゃんが、だよね」

「はい」

「僕が神威岳で会った時は、まるで生きてるみたいだったよ。あれは奈々ちゃんがやったの？」

「はい。紗栄さんはイギリスに行って、ほとんどすぐに亡くなったんです」

「え？　だけどコルチェスターの家具工房でしばらくの間は働いていたんじゃなかったの？」

「働かせてもらう、という口約束をしたと言ってました。でもイギリスは不法就労にとても厳しいので、就労ビザを取るために一度日本に帰ることにしたんだそうです。家族や友人にもきちんと話をしてきます、と工房の親方やアレックスに承諾を得たそうです」

　紗栄は帰る前にコルチェスター城の博物館に行き、イギリス最高の画家と言われているターナーが描いた場所からその城を眺めた。ターナーの絵で、紗栄が一番好きなのは湖水地方にある湖、バターミア湖を描いたものだった。そこを見てこようと思い立ち、紗栄は一旦ロンドンに戻り、そこから電車とバスを乗り継ぎ、丸一日かけてバターミア湖に行ったのだった。

「紗栄さんはターナーがどこからその湖を描いたのか、探して湖の周りを歩き回ったそうです」

「まさか」

「そうなんです。遊歩道はあったけど、それをはずれて場所を探していたので……」

「湖に落ちたの？」

「たぶんそうじゃないか、って言ってました。気が付いたら死んでいたって」

祈一郎はため息をついて頭を抱えた。紗栄は行動的だが、決してそそっかしくはない。なのにどうしてそんなことになったのだろう。

この十年、なぜ連絡をよこさないのだと怒ったりもしたが、十年も前に死んでしまっていたのか、と全身の力が抜けるようだった。

喫茶店の客はまばらで、何組かのカップルと中年女性のグループがいるだけだ。祈一郎も奈々も目の前のケーキとコーヒーには手を付けていなかった。こんな時でなかったら、さぞ美味しく食べられるだろうにと残念に思うが、どうしても食べる気になれないのだ。

「私、頼まれたんです。紗栄さんに。潤さんを生き返らせて欲しいって」

「そんなことできるの？」

「できません。さすがにそれは。というか、できることって限られています。紗栄さんが言っていた、時を巻き戻すというのも無理です。でも私、はっきりとできないって言えなかったんです。巻き戻す感じでもいいかなって」

「巻き戻す、感じ？」

「とにかく紗栄さんは十年前の登山をやり直したかったようです。潤さんが生き返らないなら、そして自分も生き返ることがないのなら、せめて祈一郎さんにいい思い出を残してあげたいって言ってました」

泣かないように、祈一郎は奥歯を嚙みしめた。

「潤さんや紗栄さんと登山のやり直しができるように、いろいろと準備があって、それで風邪をこじらせたことにして仕事を休んだんです」

「準備？」

「えーっと、それは……」

「家伝の秘儀なんだね」

「すみません。でも、まさか潤さんが消えてしまうなんて……」

喫茶店の薄暗い照明の中、奈々は何度も謝った。あまりにも謝り続けるので、何事かと店員や客たちの注目を浴びてしまった。

あれから奈々はずっと元気がない。祈一郎がうっかり独り言を言ったり、思い出し笑いをしたりすると、泣きそうになって、「大丈夫ですか?」などと訊いてくる。以前なら、祈一郎の独り言を面白がっていたのだが。

いくら奈々のせいではない、と言っても奈々の気持ちを軽くすることはできないようだ。

インターネットで調べたが、十年前にバターミア湖で身元不明の死者がいた、という記事はどこにもなかった。祈一郎が見つけられなかっただけかもしれないし、ネットのニュースにならなかっただけかもしれない。

紗栄の遺体を確認しない限り、生きているという可能性は否定できないのではないか。

祈一郎はそう思うと、つい奈々の後ろ姿をじっと見てしまう。

奈々が紗栄の幽霊に会ったというのは本当なのか。祈一郎や明日美が見たような幻覚だったのではないか。そう問いただしたい誘惑に駆られるのだ。

「奈々ちゃん」

赤芝が打ち合わせで出かけると、やはりあの話をせずにはいられなかった。

「やっぱり、どうしてもわからないんだけど。紗栄ちゃんはどうして十年もの間、僕たちの前に出てきてくれなかったんだろう。潤だって現れたのは去年だし。そもそも霊がなんで出てくるのかわからない。死んだ人がみんな出てくるわけでもないよね。それに見える人と見えない人が、どうしているんだろう」

奈々はパソコンのキーボードを叩いていた手を止めて、じっと祈一郎の話を聞いていた。祈一郎の問いには答えず、立ち上がるとカウンターでコーヒーを淹れ始めた。コーヒーのカップは三つ。祈一郎と奈々のもの。そして潤が愛用していたウェッジウッドのカップだ。

「これ、潤さんのカップですよね」

コーヒーを満たしたカップを、奈々は日当たりのいいピクチャーウィンドウの前のテーブルに置いた。潤がいつもいた場所だ。

「死んだ人がどうして霊になって出てくるのか、どうして見える人と見えない人がいるのか、だれにもわからないんです。でも、そういうわからない世界があるということは紛れもない真実です。それに……」

祈一郎は渡されたコーヒーをひと口飲んで、奈々の次の言葉を待った。

「すべてわかってしまったら、つまらないじゃないですか」

微笑む奈々に、祈一郎も微笑みを返した。

その時、鎖で繋がれていたホワイティが、こちらに向かって激しく吠え立てた。反射的にリリアンを探したが姿は見えない。

「変ですね。なんでリリアンがいないのに吠えてるんでしょう?」

リリアンがいないのに、ホワイティが吠える理由。

それは潤がいるということではないのか。

祈一郎は事務所の中を見回した。バーチカルブラインドの陰やカウンターの向こうに、潤の姿が見えはしないかと忙しく目を走らせた。

祈一郎の腕に、さっとなにかが触れた。

「え」

「どうかしたんですか?」

「いや、なんでもないんだ」

ホワイティの吠える声にかぶせて事務所の電話が鳴り、奈々はなにか感じるのか、あたりを見回しながら受話器を取った。

真知子が家から出てきてホワイティを叱っている。犬小屋に入れられてホワイティはようやくおとなしくなった。

電話を切った奈々がくるりと振り向いた。

「電話、どこから？」

「町田志織さんからです。お姉さんの絵が完成したので、ぜひ祈一郎さんにも見て欲しいそうです。今度の日曜日にみなさんでいらっしゃいませんかって」

12

日曜日はあいにくの雨だった。この季節に雨は珍しい。例年なら雪が積もっていてもおかしくないのだ。冷たい雨が降る中、三人はJR新琴似駅で落ち合った。八木家のマンションはこの駅から徒歩一分なのだ。地下鉄の終点駅がすぐそばなので、飲食店がひしめき合っている賑やかな町だった。

祈一郎は『ノルテ旭ケ丘』のプリンを手土産に、奈々は赤芝と一緒に途中で買った花束を持っている。

町田志織と姉の悠子が揃って迎えてくれた。

改装の途中で悠子はみるみる元気になっていった。あれから三ヵ月がたったが、さらに元気を増したようでエネルギーに満ちあふれている。

リビングは志織との相談で、ごく普通の内装にした。壁紙やカーテンがきれいになった、というだけで改装前とほとんどかわらない。

問題は悠子の部屋である。アトリエの絵とそっくりにして欲しいと言いながら、窓やストーブがないので、「そっくり」とはほど遠い仕上がりになってしまった。何度もこれでいいのかと念を押したが、返ってくるのはいつも同じ、「完璧です」という答えだった。

悠子が先に立ち、その部屋のドアを開けてくれた。

「どうぞ」

と言われ中に一歩踏み入れて、祈一郎は思わず、「おお」と声をあげた。後ろから祈一郎を押し退けるように入ってきた赤芝と奈々も、それぞれに「ええっ」「うわあ」と歓声をあげた。

ただの白い壁だった北側に、大きな窓が付いていた。それはもちろん悠子が描いた絵なのだが、窓枠やガラスの質感、窓の向こうに見える風景はあまりにもリアルだった。絵に描かれていたアトリエをそれほどはっきりと覚えているわけではないが、窓には生成《きな》りのリネンのようなカーテンが下がっていたはずだ。壁一杯に描かれた窓の両側には、あれとそっくりのカーテンが下がっていた。そして、もっとも驚くべきことは、窓の向こうの景色だ。絵の中にあったラベンダー畑が、たぶん忠実に再現されているのだろう。茫洋と広がる景色の奥に緩やかなカーブを見せているラベンダーの丘は、本物よりも本物らしく描かれていた。

そこにはたしかに風が吹いていて、ラベンダーの花が風に吹かれて揺れているようにも見える。祈一郎はラベンダーの香りを嗅いだような気がした。

さらに驚かされたのは、達磨ストーブが添景のように描かれていて、その濃いさび色が窓の絵を、ひいては部屋全体を引き締めていたことだ。どんなテクニックなのかストーブはまるでそこにあるかのようなリアリティだった。

「富良野から戻って、すぐに絵を習い始めたんですよ」

志織が言うと悠子は恥ずかしそうに顔を赤らめた。

「なんだか突然、油絵を習いたくなっちゃって」

「それで、三ヵ月でこれを描いたんですか？」

祈一郎は驚きを隠せなかった。この大きな絵なら、習うと同時に描き始めたのではないだろうか。

「二ヵ月とちょっとですよ。今はこれを描いているんです」

悠子が見せてくれたのは、小さめの、横幅が五十センチくらいの絵だった。やはりラベンダー畑の絵で遠くにポプラの黒い木が描かれている。ラベンダーは下のほうに少し見えているだけで、絵のほとんどが空と雲だった。だが、この絵も実にみごとだ。刻々と変わる空の色や雲の形の、最も美しい一瞬を切り取ったようだ。

赤芝は志織と一緒に、窓の絵の前でなにやら楽しげに話をしている。その賑やかな声が、どこか遠くで聞こえている。

イーゼルに置かれた描きかけの絵に、祈一郎の心は吸い込まれていった。

ふいに雲が流れて、絵の中に光が差し込んできた。雲の隙間から細く輝くひとすじの光が降りてくる。

『天使の梯子』

祈一郎は心の中でつぶやいた。

奈々が祈一郎の耳のそばでそっと言った。

「志織さんにそっくりな人が、祈一郎さんの隣で絵を見ています」

もちろん祈一郎には見えないが、そう言われるとなんだか気配を感じる。

「その人、なにか言っている？」

祈一郎も小声で訊いた。

「止まっていた時間がようやく動き始めた、って言ってます。すごく嬉しそうです」

胸の中に暖かいものが流れ込んでくる。奈々も明るい笑顔を見せている。数ヵ月ぶりに見る晴れやかな顔だ。

「お姉ちゃん。赤芝さん、テントウ虫を見つけたわよ。だれも気付かないと思ったけど。だってこんなにちっちゃくて、葉っぱの陰にいるんだもの。子供たちだって、だれも見つけられなかったんだよ」

窓の外に描かれた草の上のテントウ虫は、本当によく見つけたなと思うほど小さくて目立たないが、そこにいることがわかると、さらに絵に真実みが増してくる。

「子供たちというと?」

「ボランティアで、不登校の子供たちと一緒に絵を描いているんです。この間は、うちに遊びに来てもらいました」

そう言う悠子の顔は幸福そうに輝いていた。

本書は文庫書下ろし作品です。

|著者|和久井清水　1961年、北海道生まれ。札幌市在住。'81年北海道武蔵女子短期大学卒業後、地方公務員に。結婚を機に退職。第61回江戸川乱歩賞候補。2015年宮畑ミステリー大賞特別賞受賞。内田康夫氏の遺志を継いだ「『孤道』完結プロジェクト」の最優秀賞を受賞し、『孤道　完結編　金色《こんじき》の眠り』で作家デビュー。

水際《みぎわ》のメメント　きたまち建築事務所《けんちくじむしょ》のリフォームカルテ
和久井清水《わくいきよみ》

講談社文庫
定価はカバーに
表示してあります

2020年9月15日第1刷発行

発行者――渡瀬昌彦
発行所――株式会社　講談社
東京都文京区音羽2-12-21　〒112-8001
電話　出版（03）5395-3510
　　　販売（03）5395-5817
　　　業務（03）5395-3615
Printed in Japan

デザイン―菊地信義
本文データ制作―講談社デジタル製作
印刷―――豊国印刷株式会社
製本―――株式会社国宝社

ISBN978-4-06-520632-4

講談社文庫刊行の辞

二十一世紀の到来を目睫に望みながら、われわれはいま、人類史上かつて例を見ない巨大な転換期をむかえようとしている。

世界も、日本も、激動の予兆に対する期待とおののきを内に蔵して、未知の時代に歩み入ろうとしている。このときにあたり、創業の人野間清治の「ナショナル・エデュケイター」への志を現代に甦らせようと意図して、われわれはここに古今の文芸作品はいうまでもなく、ひろく人文・社会・自然の諸科学から東西の名著を網羅する、新しい綜合文庫の発刊を決意した。

激動の転換期はまた断絶の時代である。われわれは戦後二十五年間の出版文化のありかたへの深い反省をこめて、この断絶の時代にあえて人間的な持続を求めようとする。いたずらに浮薄な商業主義のあだ花を追い求めることなく、長期にわたって良書に生命をあたえようとつとめるところにしか、今後の出版文化の真の繁栄はあり得ないと信じるからである。

同時にわれわれはこの綜合文庫の刊行を通じて、人文・社会・自然の諸科学が、結局人間の学にほかならないことを立証しようと願っている。かつて知識とは、「汝自身を知る」ことにつきていた。現代社会の瑣末な情報の氾濫のなかから、力強い知識の源泉を掘り起し、技術文明のただなかに、生きた人間の姿を復活させること。それこそわれわれの切なる希求である。

われわれは権威に盲従せず、俗流に媚びることなく、渾然一体となって日本の「草の根」をかたちづくる若く新しい世代の人々に、心をこめてこの新しい綜合文庫をおくり届けたい。それは知識の泉であるとともに感受性のふるさとであり、もっとも有機的に組織され、社会に開かれた万人のための大学をめざしている。大方の支援と協力を衷心より切望してやまない。

一九七一年七月

野間省一